RD

禁断の誘惑アパート

義母と女子大生家庭教師

芳川葵
挿絵／阿川椋

KTC
KILL TIME COMMUNICATION

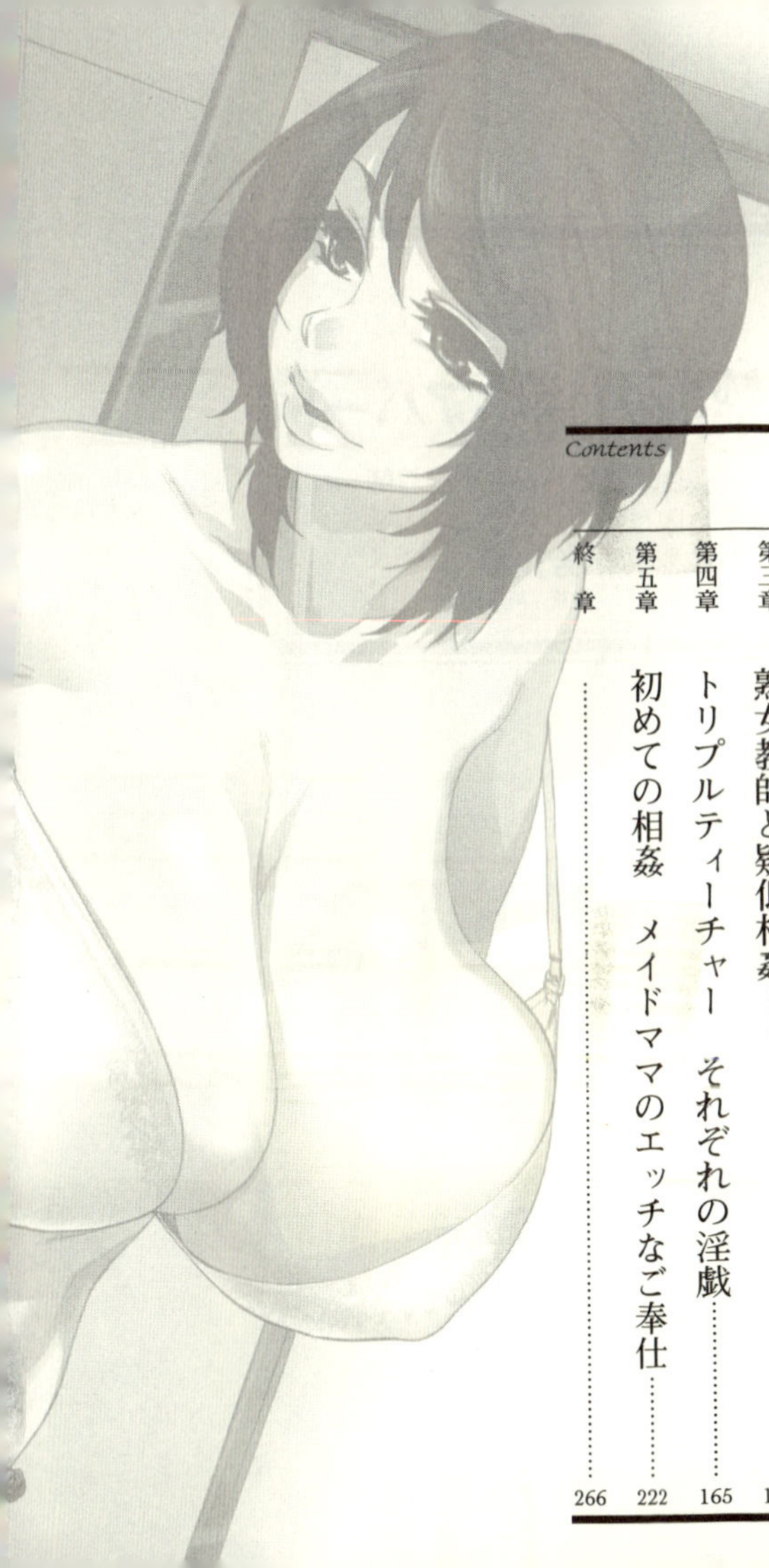

目次

Contents

登場人物 *Characters*

若宮 怜子
(わかみや　れいこ)

「コトー・若宮」の家主で、名門進学校の教鞭を執る三十二歳の知的美女。五年前に健太郎の父親と再婚するも死別し、現在は健太郎と二人で暮らしている。人目を惹く美貌とグラマラスな肢体の持ち主。

西牧 理沙
(にしまき　りさ)　　二〇二号室住人

“思春期の性”を研究する二十三歳の大学院生。週に二回、健太郎の家庭教師をしている。真面目さと小悪魔的な魅力を兼ね備えた美人で、時に周囲を驚かせることも。

冴島 敦子
(さえじま　あつこ)　三〇三号室住人

三十七歳バツイチの健太郎の担任教師。肉感的な身体つきの熟女だが、学校では色気を隠すような地味な服装をする。離れて暮らす中学三年の息子を持つ。

若宮 健太郎
(わかみや　けんたろう)

ごく普通の高校二年生の少年。美しい義母を女性として意識している。

序章

（理沙《りさ》先生の格好、今日はいつに増して大胆なような……）

十月に入ったばかりの月曜日の夜。勉強机に向かって、英語の問題を解いていた若《わか》宮健太郎《みやけんたろう》は、隣に座る家庭教師の西牧《にしまき》理沙の姿を、横目で盗み見ていた。大学院生の理沙は、赤いキャミソールにデニムのミニスカートという服装をしていた。

キャミソールの下にブラジャーをしていないのか、形よく盛りあがった乳房の先端に鎮座する乳首の突起が、うっすらと浮きあがっている。さらには、ピチピチとした太腿がかなり上まで露出しており、高校二年生の健太郎にはたまらなくセクシーに映っていた。スエットとブリーフの下で、ペニスが鎌首をもたげはじめてしまう。

「んっ、どうしたの？　分からないところがあった？」

「あっ、いえ、大丈夫、です」

こちらに顔を向けてきた女子大院生に、慌てて視線を逸らせた。健太郎は公立高校に通っており、中学二年の頃から週に二度、理沙に家庭教師をしてもらっていた。

（いくら同じ建物の中っていっても、僕も一応、男、なんだけどなぁ……）

五年前、老朽化した自宅の建て替えを行った際、父はアパート併設の建物を建て、若宮の表札は、高台にあることから「コトー・若宮」という名前へと変わり、一階に若宮家、二、三階が賃貸物件となった。そして、理沙はそのアパートの住人なのだ。

大学院一年生の理沙にとって、五年前から面識があり、四年前から家庭教師をしている健太郎など男として見ることはなく、せいぜい弟程度に思われているのだろう。

「ねえ、健太郎くんって、お義母さんとエッチしたいって思ってるわよね」

「なっ、なに、言っちゃってるんですか、理沙先生。そんなこと、あるわけが……」

ふんわりとしたショートボブに、卵形の可愛らしい顔立ちをした大学院生から発せられた突然の言葉に、健太郎は狼狽してしまった。まじまじと隣に座る理沙の顔を見つめていってしまう。

(なんで、理沙先生がそんなこと知ってるんだ？　僕、誰にも言ったことないのに)

狼狽の原因は、理沙の言うことが事実であったからだ。父の再婚で五年前に義母となった女性、怜子《れいこ》。名門進学校で教師をしている、現在、三十二歳の美女。自宅をアパート併設にした理由は、怜子との再婚を決めていたかららしい。直接聞いたわけではないが、どうやら継続的な収入源としての期待があったようだ。

そして、性に目覚める寸前に出会った怜子に、健太郎は一気に心奪われてしまった。

「初恋」であり、「一目惚れ」であった。性に目覚めてからは、当然のようにその対象を怜子に求め、それは現在も変わっていない。

いや、一昨年、父が突然の病で鬼籍に入ってからは、義母と二人の生活となったこともあり、ますます若母に心奪われているのが現状なのだ。

「隠さなくてもいいわよ。何年、健太郎くんの家庭教師してると思ってるの。それに忘れてない？　あたしの研究テーマ」

「し、思春期の性、でしょう」

「そっ、ちゃんと覚えてるんじゃない。最近はね、近親相姦、について調べてるの」

「きっ、近親、そう、姦……ゴクッ」

刺激的な言葉に、健太郎の喉が大きく上下に動いてしまった。類い稀な美貌とグラマラスな肢体を持つ義母との、禁断のセックスを脳裏に思い描いてしまったのだ。

「そこで、協力して欲しいことがあるのよ」

「協力？　僕が理沙先生に協力できることなんて、なさそうですけど」

「そんなことないわよ。だってお義母さんとエッチしたいって思ってるんでしょう」

「いや、それは……。でも、できるわけ、ないし」

ただでさえ理沙の格好に集中力を削がれていたのだ。もう勉強どころではない。問題用紙の上にペンを転がすと、健太郎は力なく頭を垂れた。

（ママとエッチなんて、絶対にできるわけがないんだ。分かりきってるじゃないか）

「どうしてできないって決めつけるの？　お義母さんに告白したわけ？」

理沙の問いかけには、首を左右に振って答えとした。

「じゃあ、告白してみようよ」

「そんなこと、できるわけないじゃないですか」

「どうして？　やっぱり怖い？　そんなこと言ったら、嫌われるんじゃないかって」

「当たり前ですよ。ママは学校の先生、それも高校教師ですよ」

（そう、ママは普通の主婦じゃない、先生なんだ。そんな非常識なこと言ったら……）

名門高校の教師をしている怜子。常識人である義母に、そんな非常識なことを打ち明けたら絶対に嫌われてしまう。その思いが強く健太郎の心にあったのだ。

「うふふっ、いい感じよ、健太郎くん」

「なっ、なにが、ですか」

なにもかもお見通しと言わんばかりの微笑みに、健太郎は憮然とした表情で答えた。

「なにがって、それはね……」

その後につづいた説明に、健太郎はますます表情を強張らせていった。理沙の狙い。

それは、告白からはじまるステップを一つずつ踏ませて、母子相姦に至るかどうかの実験がしたい、ということなのだ。

「冗談でしょう？　僕は理沙先生にとっての実験動物。モルモットってことですか」

「ごめん、言い方が悪かったね。でもね、あたしは本気なの。協力してくれないかな」

「僕に、なんのメリットもないじゃないですか」

「あるわよ。お義母さんとエッチができるようになる」

「それは、計画が上手く運んだらでしょう。最悪、家から追い出されちゃいますよ」

理沙が言葉の荒さをすぐに謝罪してくれたこともあり、激昂しかけた心は落ち着いたものの、今度は一転、拗ねたような口調になってしまった。

「もう、臆病なんだから。あたしはまず間違いなく上手くいくと思ってるのに。でもそうね。もし上手くいかなかったら、そのときはあたしが責任を取ってあげるわ」

「責任を取るって、えっ？」

「セックスに決まってるじゃない」

「セッ、セック、セック、ス……」

健太郎の脳がボンッと小さく爆発した。童貞少年にとって、その言葉は魔法の言葉であり、なにを差し置いても従わざるを得ないほどの力を秘めていた。特に今回は、行為そのものを経験させてくれる、と言われているだけにその破壊力は凄まじい。

「そっ、セックス。それも一度じゃないよ。健太郎くんに彼女ができるまでずっとね」

「理沙先生と、何回も、セックス……」

愛らしい顔立ちに均整の取れたプロポーションをした理沙。その卵形の顔から、再び視線がキャミソールを盛りあげる乳房へと向かってしまう。

自慰の際に思い浮かべるのは九割方義母であったが、残り一割の一部は理沙が担っていたのだ。その理沙とセックスができるかもしれない。それも、今後ずっと。

「うふふっ、悪い話じゃないでしょう？　言っておくけど、あたし、誰にでもそんなこと軽々に言ったりしないんだからね。何年もずっと健太郎くんを見てきて、真面目で可愛い男の子だと思うから、特別提案なのよ」

「僕が、かわ、いい……」

（そんな、僕みたいななんの取り柄もない男子を可愛いなんて……）

元々おとなしい性格の健太郎は、女生徒に対して軽口を叩けるほどの勇気もなく、そのため、ますます女性に対しても奥手になってしまっているのが現状なのだ。それだけに、理沙の言葉には妙なくすぐったさがあった。

「そうやって、頬をちょっと赤らめちゃうところなんて、母性本能をくすぐりまくりなんだから。どう、協力してくれない？　あたしも精一杯のサポートをするから」

（理沙先生にここまで言われたら、断れないよなぁ。どうせダメもと、なんだし）

「ちょっと恥ずかしいけど、分かり、ました。でも、どうすればいいんですか。僕、ママにいきなり告白する勇気は、やっぱり持てないんですけど……」

「大丈夫よ、ちゃんと考えてあるから。健太郎くんは普段オナニーするとき、お義母さんの下着を洗濯機から持ち出して悪戯とかしてるの？」

「えっ、そ、それは……」

いきなりの言葉に、頬が熱くなる。理沙の言う通り、悪いと思いつつも毎晩、怜子の下着を洗濯機から持ち出し、薄布に熱い欲望のエキスを迸らせていたのだ。

「おっ、その反応はしてるな。だったら話は簡単。たぶんいまは、出した白いのを綺麗に拭ってると思うけど、そのままの状態にして欲しいの。できるだけ、お義母さんに見つかるようにして、反応を見るのよ」

「そ、そんな……」

（確かに、ママの反応を見るにはそれしかないんだろうけど、でも……）

義理の息子の精液がたっぷりと付着した下着を見つけたときの、怜子の気持ちを思うと、非常に複雑な思いがしてしまう。

「健太郎くんの気持ちも分かるけど、一歩踏み出さないと、お義母さんとの関係も変化しないぞ。もう、そんな不安そうな顔しないでよ。ほら、勇気を少しあげる」

右隣に座っていた理沙の右手がのばされ、健太郎の右手首を掴んできた。勉強椅子が右に少し回転してしまい、家庭教師のほうに身体の正面が向いた。

「理沙、先生？」

「少しだけね」

悪戯っぽく微笑んだ理沙が、健太郎の右手をそのままキャミソールを盛りあげる膨らみに導いてきた。薄い生地越しに、弾力豊かな感触が手の平全体に伝わってくる。

「あっ、り、理沙、先生……」

(これが、オッパイ……。理沙先生って、思っていたよりずっとオッパイ、大きい)

女子大院生の若乳の感触に、ペニスが一気に完全勃起状態になってしまった。スエットの前がこんもりと盛りあがり、ブリーフに締めつけられた強張りが、切なそうに胴震いを起こしてしまう。

(それにやっぱり、ブラジャーしてないよね？　これってノーブラってことだよね。す、凄い。僕はいまキャミソール越しに、理沙先生の生オッパイ、触ってるんだ)

「どう、気持ちいい？　気持ちいいよね、だって、こんなにしちゃってるんだもん」

「あぅっ、あっ、理沙、先せぃッ！」

小悪魔のような瞳をした理沙の右手が、健太郎の手首から離され、そのまま真っ直ぐに下腹部へとおろされた。躊躇いもなく、スエットを盛りあげる淫茎をすっと撫でつけてくる。その瞬間、腰が大きく跳ねあがり、喜悦のうめきがこぼれ落ちてしまう。

「健太郎くんのオチンチン、大きい。ねえ、見せて。そうしたらあたしが……ねッ」

「見せてって、そんな、恥ずかしい、ですよ」

「ダメよ、恥ずかしがってちゃ。お義母さんとエッチ、したいんでしょう。これからは、家庭教師の日は必ず、あたしがこれ、楽にしてあげるし、もし今度の中間テストで、一学期の期末よりも順位が三十番以上あがったら、セックスもしてあげるわよ」

「えっ、ママに告白してないのに、そんな、ことまで……」

思わず乳房に這わせた右手に力が入ってしまった。指先がキャミソール越しの若乳に食いこむのが分かる。ムニュッとした手触りと指を弾き返してくる張りに、ペニスがピクッと震え、先走りが漏れ出してきてしまう。

「あんッ、そんな思いきりギュッてしちゃダメよ。もっと優しく労るように」

「ご、ごめんなさい」

健太郎は慌てて右手の力を抜き、今度はそっと膨らみを揉みこんでいった。

「そうよ、そういう感じ。方針転換よ。本当は、お義母さんと初体験して欲しかったんだけど、告白する勇気がないなら、まずは経験させちゃったほうがいいかなって」

「理沙先生と、初体験……。ゴクッ」

「そうよ。健太郎くん可愛いから、あたしの身体で男にしてあげてもいいかなって。でも、無条件にじゃ張り合いがないから中間の結果次第。セックスなんて、経験しちゃえばたいしたことないんだから。知らないから臆病になるだけでね。だから、経験すれば告白だってしやすいだろうし。一石二鳥どころか、三鳥、四鳥じゃない」

（理沙先生が経験させてくれるなら、すっごく嬉しいけど……。でも、三十番以上あげるのかぁ……。いや、それでエッチができて、ママへも一歩近づけるなら……）

健太郎の心が大きく揺れた。綺麗で可愛い院生のお姉さんと初体験ができるかもしれないのだ。グラマーな義母の肉体で童貞を失いたい思いも強くあるが、告白する勇気が持てない以上、理沙の提案のほうがよほど現実的だろう。

「よ、よろしく、お願い、します」

「うふっ、契約成立ね。じゃあ、早速、今日の分ね」

教え子の右手を乳房から離させた理沙が、椅子から立ちあがると、そのまま健太郎の前に膝立ちとなってきた。

「り、理沙先生……」

「このままじゃ勉強できないでしょう。腰を少し浮かせてちょうだい。これから家庭教師に来るたびに、どういうことをしてもらえるのか、健太郎くんの身体で感じて」

パッチリとした瞳を艶っぽく細めてきた理沙に、ゾクッとした震えが背筋を駆けあがった。その悩ましさに圧倒されたように、思わず腰を浮かせてしまう。すると、女家庭教師はスエットの縁に指を引っかけ、その下のブリーフごと一気にずりさげてきた。飛び出すように、いきり立ったペニスが全容を晒す。

「あっ！」

「あんッ、すっごい。健太郎くんのオチンチン、本当に大きくて立派だわ。すっかり皮も剝けてて、逞しい大人のオチンチンよ。こんな素敵なオチンチン、自分で慰めるなんて、もったいなさすぎよ」

鼻にかかった甘い声を出した理沙が、やんわりと肉茎を握りこんできた。そのままゆったりと上下に扱きはじめてくる。

「うはッ、り、理沙先生、ダメ、そんな、いきなり、僕、出ちゃいますよ」

いきなり手淫の愉悦が襲いかかり、健太郎は身悶えた。自分以外の手でペニスを握られるのはもちろん初めての経験。それだけに、ほっそりとした女性の指で強張りをこすりあげられると、射精感が一気に襲いかかってくる。

「まだ、ダメよ。もうちょっとだけ、我慢して」

「ぐはッ！　そんな、きつく、ギュッてされたら、ぼ、僕ぅぅぅ……」

迫りあがる射精衝動を強制的にストップさせるべく、理沙の右手が肉竿の根本におろされ、力強く握り締められてしまった。その瞬間、健太郎は白目を剝きそうになり、行き場を失ったマグマが、陰嚢内部を暴れまわってくる。

「もう少しだけ我慢して、すぐに、楽にしてあげるから」

濡れた瞳で見上げつつ、家庭教師の左手がミニスカートの中へと入りこんでいった。

（えっ？　理沙先生、一体なにをするつもりなんだ）

強制遮断された射精感に身悶えつつ、理沙の行動に目が釘づけとなった。健太郎が固唾を吞んで見つめる中、女子大院生は悩ましく腰を振るようにしている。やがて、再度姿をあらわした左手の指には、ピンク色の物体が引っかかっていた。

「理沙先生、それって、も、もしかして、先生の、パ、パンティ……」

「うふふっ、そうよ。脱ぎたてホヤホヤのショーツよ」

右手で硬直の根本を押さえこんだまま、理沙は左手一本で薄布を脱ぎおろしてきたのだ。床についた膝を交互に少し持ちあげパンティを通すと、そのままスルッと足首から抜き取ってしまう。

(パンティ、脱いじゃったよ。ということはいま、理沙先生は……)

根本を押さえこまれているペニスが大きく胴震いを起こした。鈴口からトロッとした粘液が玉状に滲み出してくる。

(見たい！　理沙先生のあそこ、女性のあそこをこの目で、見てみたい！)

ミニスカートに視線が貼りついてしまう。透視能力などないのだが、凝視しつづければ生の股間を見ることができるのでは、そんな妄想に取り憑かれてしまいそうだ。

「もう、そんなジッと見てたって、中身は分からないでしょう。中間テストで成績がアップしたら、全部見せてあげるから頑張るのよ」

「は、はい」

「クス、いいお返事ね。今日は特別に、あたしのこのショーツで、オチンチン、シコシコしてあげるわね」

健太郎が上ずった声で返事をすると、理沙は背筋を蕩けさせるほどの甘い声で囁いてきた。そして本当に、ピンクのパンティで硬直を包みこんできたのだ。

「ぐふぁッ、あっ、あぁぁ……」

なめらかな薄布の感触に、悦楽が脳天に突き抜けていく。睾丸が一気に根本方向に跳ねあがってきた。しかし、女子大院生の右手が、いまだにきつく根本を押さえつけているため、迫りあがろうとするマグマが輸精管に到達できない。

(ほ、本当に、理沙先生の脱ぎたての下着で、僕のが、くるまれてる)

脱ぎたて直後で人肌の温もりを宿したパンティ。そのじんわりと染みこんでくる温かさに包みこまれた硬直が、興奮にピクッと跳ねあがってしまう。

「右手、離すけど、まだ出しちゃダメよ。いいわね」

悪戯っぽい目で見上げてくる理沙に、健太郎は激しく何度も首肯していった。

「じゃあ、離すわね」

次の瞬間、硬直の根本に感じていた圧迫感が、すっと消えていった。一気に射精感が襲いかかってくる。奥歯を噛み締め、肛門を引き締めて、射精を必死に耐える。

「うふっ、出さないで、耐えたのね。偉いわよ、健太郎くん。これはどうかな?」

理沙が左手をゆっくりと上下に動かしはじめた。女家庭教師の薄布が、いきり立つ強張りをなだめるように撫でさすってくる。さらに、右手がちょうど股布部分に覆われた亀頭にのばされてきた。

クロッチ部分には先走りによるシミが浮きあがっており、そのシミを拡大させるように、理沙が中指の腹で鈴口を撫でつけてくる。

「あんッ、健太郎くんの我慢汁で、あたしの大事なところを守っていた部分が、どんどん汚されていっちゃってるわ」

「ああ、理沙、先生……」

まだ見ぬ淫唇に張りついていたクロッチに広がる先走りのシミと、理沙の艶めかしい言葉に、健太郎は腰を激しく身悶えさせてしまっていた。

「成績があがったら、ショーツではなく、直接あそこで気持ちよくしてあげるからね」

女子大院生の指が、さらに強く薄布越しの亀頭をこすりあげてくる。その瞬間、激烈な淫悦が脳天に突き刺さってきた。目の前が真っ白に塗りこめられていく。

「ンがッ、あっ、ああ、ダメ、理沙先生、そんなに、されたら、ぼ、僕ぅぅッ！」

直後、健太郎はあっさりと白濁液を噴きあげてしまった。

ドピュッ、ぢゅぴゅっ、ドクン……。

脈動が襲うたびに、股布に滲み出すシミが大きくなり、ついには粘ついた精液本体が薄布を透過してきた。同時に、濃厚な牡の精臭が鼻腔粘膜にまとわりついてくる。

「はぁん、すっごい。こんなにいっぱい。でも、もうちょっと我慢できないと、お義母さんのあそこにオチンチンを挿れたときに、もっと簡単に出ちゃうぞ」

「そんなこと、はぁ、言われても、僕……」

手淫でありながら、自分でこするのとはまったく違った強烈な絶頂感に、健太郎は放心状態であった。勉強椅子に座ったまま、完全に虚脱してしまっている。

「それに、あんなに大きな声も出しちゃダメ。もしお義母さんが家にいたら、驚いて飛んでくるわよ」

「ごめんなさい」

義母は最近、通常の業務のほかに、来月に迫った文化祭の準備作業に追われ、帰宅は午後十時すぎになることが多かった。そして、この日も例外ではなかったのだ。

「まあ、いなかったからいいけどね。よし、全部出し切ったみたいね。あんッ、凄い、こんなにいっぱい……。いい健太郎くん、こういう状態にして、お義母さんのショーツを洗濯機に戻すのよ」

射精の脈動が治まると、理沙は放出された白濁液が垂れないよう、慎重にペニスから薄布を剝がし取った。クロッチに付着した大量の精液を健太郎に見せつつ、微笑みかけてくる。

「は、はい、理沙、先生」

いままで見たことのない、色気を滲み出させた女子大院生の艶顔に、健太郎の背筋には、さざなみが駆け抜けていった。硬度を維持していた射精直後のペニスも、ピクッと胴震いを起こしてしまう。

「あたしもできるだけバックアップするから、頑張ってね。まずは、この精液でベチョベチョのオチンチン、綺麗にしてあげる。はぅッ」

「うふぉッ、ああ、り、理沙、先、せい……」

（こ、これって、もしかして、フェラチオ？　理沙先生の口に、ぼ、僕のが……）

突然、亀頭を襲った生温かな感触に、健太郎は目を見開いてしまった。股間を見つめると、口角がややあがり、前方に少し突き出した感じの女家庭教師の朱唇に、間違いなくいきり立った状態のペニスが咥えこまれている。

「ンチュッ、チュプッ、クチュッ、ピチャッ……」

上目遣いで教え子を見上げつつ、理沙がゆっくりと首を前後に動かしはじめた。舌が縦横無尽に這いずりまわり、ペニスに付着した精液を拭い取っていく。

「ダメ、だよ、理沙先生。そんなことされたら、僕、また、出ちゃう」

両手を栗色に染められた理沙のショートヘアに這わせた健太郎は、切なさを伝えるように髪の毛を掻き毟りつつ、迫りあがってくる射精感に身を委ねるのであった。

第一章　女子大生の淫謀　相姦へのいざない

―1―

「あぁん、健くんったら、またこんなに……」

水曜日の午前十時すぎ。週に一度の研究日で出勤のない若宮怜子は、右手に摘んだ艶やかなライトグリーンの下着を見つめると、形のいい眉を寄せて小さく呟いた。それは前日の入浴前まで、怜子のヒップや秘部を包みこんでいたパンティ。その軽やかな薄布からは、ツンと鼻を衝く独特の芳香が放たれている。

「いけないのよ、ママの下着にこんなことしちゃ」

頬が上気してくるのを感じつつ、薄布を裏返していく。パンティの股布部分、ちょうど秘唇が当たっていたあたりに、白いゲル状の粘液がべっとりと付着していた。

「はぁん、健くん」

息子が迸らせた欲望の証。大量の白濁液を目にした瞬間、下腹部に鈍い疼きが襲いかかってきた。久しく男性を迎えていない淫裂が、妖しくざわめきだしてしまう。

先週くらいから、洗濯機に入れられていたパンティが毎朝、精液まみれにされていた。それまでも、下着を悪戯した痕跡を発見したことはある。しかし、精液が拭われない状態で戻されているのを見つけたときの衝撃は、想像を遥かに超えていたのだ。

(健くんが、私みたいなおばさんの身体に興味があるなんて……)

三十二歳。年齢的にはこれから女盛りを迎える怜子は、多少は自分のスタイルに自信を持っていた。日本人としては彫りの深い知的な美貌に、グラマラスな肉体。街中で見ず知らずの男性に声をかけられることも多かった。

また、現役の高校教師をしているだけに、健太郎くらいの男の子の性衝動については、普通の母親よりは理解しているつもりだ。その中には、母親や姉をその対象として見てしまう例も含まれている。だが、高校二年生の息子が、三十すぎの義母の肉体に興味を持っているなどとは、にわかには信じられない気持ちであった。

(いままで相談に来ていたお母さんたちの気持ちって、こういうことだったのね)

過去、己の肉体に向けられる息子の性的欲望について相談をしに来た母親たちが、困惑しているはずなのにどこか嬉しげで、誇らしげな表情をしていたのを思い出す。

(こんなことで欲望が発散され、お勉強に集中してくれるなら、下着くらいこのまま好きにさせてあげるべきなんだろうけど……)

洗濯機の中、まるで義母に見つけて欲しがっているかのような薄布を摘みあげたまま、怜子は立ち尽くしていた。漂い流れる濃厚な牡の欲望臭が鼻腔粘膜を刺激しつづけ、三十二歳の淫唇をさらに潤ませてくる。

「健くん、あなた、ママが欲しいの？」

思わず口をついて出た言葉。その瞬間、子宮がキュンとなり、蜜液が一気に溢れ返ったのを、はっきりと感じ取ることができた。

（あぁん、ダメよ、変な気分になっては。私は義理とはいえ、健太郎の母親なんだから。その私が、こんな……）

義理とはいえ、この五年間、健太郎には最大の愛情を注ぎ、年齢は十五しか離れていないが、実の母子同等の絆で結ばれていると信じていた。それだけに、息子の行為と、それに反応してしまう己の肉体に、軽い戸惑いを覚えてしまう。

「こんなにいっぱい、ママのパンティに射精するなんて」

自分を戒めようとする心とは裏腹に、口をついた言葉は艶っぽく濡れていた。下半身ばかりでない。七分袖のシャツの下、フルカップのブラジャーに包まれた乳房には張りを覚え、膨らみの頂上に鎮座する乳頭がしこり出してしまう始末であった。

右手に薄布を摘んだまま、左手が右の乳房にのびていく。手の平をいっぱいに広げ、膨らみをしっかりとサポートするブラジャー越しに、乳肉を揉みあげてしまった。

「はぅンッ、だ、ダメよ、こんな……。早くお洗濯して、干さないといけないのに」

ゾワッとしたが震えが背筋を駆けのぼり、悩ましい吐息が漏れ出る。否定の言葉とは反対に、燻りだした官能の炎はさらなる刺激を求め、燃えあがりそうな気配だ。それを誤魔化すように、心にもない言葉が口をつく。その言葉の無意味さは、恍惚とした表情でライトグリーンの薄布を鼻先に近づけてしまうことで、証明されていた。

「あぁん、こんなにいっぱい……」

(もしも膣中に出されたら、一発で妊娠しちゃいそう)

ツンと鼻を衝く独特の牡臭がさらに濃く鼻腔を襲いはじめると、子宮を襲う疼きは一層激しくなり、怜子を淫欲の虜にしてしまう。パンティを持つ右手は自然とさらに近づき、あとほんの数センチで、鼻先と触れ合おうとしている。

ピンポ〜ン、ピンポ〜ン。

「ハッ！　あんッ」

来客のベル音に、意識が一気に現実に引き戻された。その瞬間、パンティが鼻の頭にまともに密着し、ドロッとした粘液が一部、鼻の頭に付着してしまった。

「はぁン、なんて、濃厚な匂いなの……。こんなエッチな匂いをまともに嗅がされたら、ママ、おかしくなっちゃう」

ピンポ～ン、ピンポ～ン。

健太郎が聞いたら、卒倒してしまいそうなセリフを妖艶な表情で呟いた怜子の耳に、またしてもインターホンの呼び出し音が届いてきた。

（分かってるわ、いま出るから、そんな慌てさせないでよ）

心の中で呟き、怜子は薄布を洗濯機の上に置くと脱衣所を出た。廊下を玄関とは反対のリビングへと戻り、壁に設置されている液晶のタッチパネルを見る。すると、意外な人物が映っていた。二〇二号室の住人であり、息子の家庭教師をしてくれている女子大学院生、西牧理沙である。

「はい」

「スミマセン、西牧ですけど、少し、よろしいでしょうか？」

「えっ、ええ、少々お待ちください」

タッチパネルで通話を切ると、怜子は大急ぎで脱衣所へと戻り、洗濯機の上に置かれたパンティで、鼻に付着している粘液を拭い去った。薄布を洗濯機に戻し、脱衣所の扉を閉めると、一つ深呼吸をしてから玄関ロックを解錠していくのであった。

（一体この娘はなにを話しに来たのかしら？　他愛のないことばかり言って……）

リビングに置かれたソファに向き合うように座って十分以上、理沙の話はとりとめのない内容に終始していた。下腹部のモヤモヤを抱えたまま聞き役に徹している怜子としては、軽い苛立ちを覚えてしまう。すると、それを察したように理沙がようやく本題に入ってきた。

「今日、こんな時間にお伺いしたのは、健太郎くんのことなんです」

「健太郎の？」

「すでにお気づきですよね。健太郎くんが、お義母さんを欲しがっていることを」

「ほっ、欲しがるって、どういう、意味、かしら？」

ドキッとした内心を悟られまいと、平静を装い尋ね返していく。

「もちろん、抱きたがっている、という意味ですけど」

「なっ、なにを！　あなた、一体なんの話をしているの。健太郎が私を、母親を抱きたがっているだなんて、そんな、悪い冗談、やめてちょうだい」

いきなり核心に斬りこんでくる理沙の言葉に、怜子の心臓がその鼓動を速めてきてしまう。紡ぎ出された否定の言葉も、どことなく弱々しい。目が落ち着きなく左右に揺れ動いてしまい、女子大院生の言葉を肯定してしまっていた。

「隠さないでください。分かってるんです。お義母さんが気づいているってこと。だって、お義母さんの顔についているのって、健太郎くんの精液なんじゃないですか」

理沙は余裕の微笑を浮かべると、自身の左頰を左人差し指でつついて見せた。

「えっ、そ、そんな、まさか⁉」

怜子は慌てて左手で頰を触ってみた。ヌチュッとした粘液の残滓が指先に触れてくる。鼻の頭についてしまった粘液を急いで拭ったため、精液の一部が逆に頰についてしまったようだ。

その瞬間、頭の中が真っ白となり、なにも考えられない状態に陥った。ただ、顔から血の気が引いていく、サッ、サーという音が耳の奥に響いているかのような幻聴に身をすくませるばかりである。

「そんな顔しないでください。本当は少しホッとしている部分があるんです。その精液の出所は、お義母さんが昨日身に着けていらしたショーツですよね？　それ、あたしの指示なんです」

「えっ？　ちょっと待って。理沙さん、あなた一体、なにを言っているの？」

(どういうことなの、理沙さんの指示って？　健くんは理沙さんの指示で、私のパンティに白いのを出したとでも言うの。そんなはずないわ。あの子は私の身体に興味を持っているのよ)

理沙の言葉に、頭がこんがらがってきそうであった。

「ご説明します。あたしの専攻が思春期の性であることは、ご存知だと思いますけど、最近は特に、近親相姦、について調べているんです」

「近親、相姦……」

「そうです。健太郎くんがお義母さんの身体に興味を持っていることは、前々から気づいていました。そこで、聞いたんです。お義母さんとセックスしたくないかと」

「そんな……。それで、あの子は……」

「お察しの通りです。認めました」

「あぁ、健くん……」

理沙の言葉に艶めいた声が漏れてしまった。義理の息子が、三十すぎの義母の肉体を求めている事実を、第三者から伝えられたことに、不思議な安堵があった。

(やっぱり、そうだったのね。理沙さんから言われたからではなく、健くんはママの身体が欲しくて、それで下着に……)

「そのときに、健太郎くんがお義母さんの下着に悪戯していることも分かりました。それまでは出したやつを綺麗に拭っていたそうですけど。そこであたしが、精液を拭うことなく戻すように言ったんです」

「そういうこと、ですか」

（つまりは先週、健くんとそんな話をしたってわけね。だから、最近は白いのがついたままのパンティを……）

急に精液が付着したままの薄布が洗濯機に戻されはじめた、その理由を納得することができた。だが、謎は残る。理沙はなぜ、そんなことを言いに訪れてきたのか。

「あたし、健太郎くんと約束したんです。ちょうどいま行われている中間テストの成績が、一学期の期末よりも三十位以上あがったら、セックスを経験させてあげると」

「なんですって！」

まったく予期していなかった言葉に、怜子の声が大きくなった。まるで親の敵を見るような目で、目の前に座る女子大学院生を見つめてしまう。

「お義母さんも、現役の高校の先生ですから、あたしなんかよりよほど、健太郎くんくらいの年頃の男の子の性については、ご存知だと思います」

「それは、まあ……」

高校生、特に大学受験を控えた三年生にとっては、性欲に悩まされることなく勉強に集中できることは非常に重要である。そのため、生徒の母親から相談を受けたとき、『話し合いを持つことは構わないが、できれば大切な時期なだけに、少し様子を見守ってあげて欲しい』ということを口にしていた。

（健くんはまだ二年生だけど、来年のいまごろはきっと……）

もし理沙が息子の恋人として、勉強と性欲、両方を満たしてくれるのであれば、それは構わない。家庭教師をお願いして四年、理沙が優秀な学生であることは、健太郎の成績がのびていることからも証明されている。思春期の性について際どい話を聞かされることもあるが、大学院に残って研究を進めている姿には、好感も持てていた。

（母親である私への気持ちは、時が経てば冷め、やがて卒業していくんでしょうし、その一助に理沙さんがなってくれれば、問題はないわ。でも……）

過去の男子生徒の例を見るまでもなく、肉親への性的欲求は、性に目覚めて間もない一期間であることが多い。大抵の場合、ちゃんと恋人ができ卒業していく。少し寂しい気もするが、それが現実だ。しかし、理沙が健太郎の恋人になることなく、ただ可愛い息子を弄ぶだけに終わられることは、なんとしても避けなくてはならない。

「理沙さんは、健太郎と真面目にお付き合いをしてくださる気があるのかしら」

「お付き合い云々に関しては、いまの段階で明確なお答えを差しあげることができません。しかし、健太郎くんのお義母さんへの気持ちを利用し、踏みにじるようなことだけはしないとお誓いできます」

「そう、ですか」

心中を察したような理沙の返事に、怜子は小さく頷くことしかできなかった。女家庭教師の目が、非常に真摯なものであっただけに、なおさらだ。

「でもあたしは、お義母さんがなにかをしてあげることが、ベストだと思っています」

「私が？　ごめんなさい、それは無理だわ。母親が息子の性欲を満たしてやるだなんて、どう考えても異常でしょう。それにそもそも健太郎の本当の気持ちだって」

「誤魔化さないでください。先生をなさっているお義母さんなら、下着が汚されている理由は、ほかのお母さんたちよりよほどお分かりになっているはずです。いまさら健太郎くんの気持ちを持ち出すのは、ズルイ気がしますけど」

「でも……」

相談に来た生徒の母親たちには、「見守ってあげて欲しい」とは言うが、「なにかをしてやって欲しい」とは決して言うことがない。だが理沙は、健太郎になにかしてやれと言う。はい、そうですか、と言えるようなものではないのだ。

「では、少しサービスをしてあげてくれませんか？」

「サービス？」

（これじゃあ、どっちが本職の教師か、分からないわね。でも、相談に来ていたお母

さんたちの目が、凄く真剣だった意味が、いまならよく分かるわ）

女子大院生に尋ね返している自分の姿に、怜子は内心、苦笑していた。だが、可愛い息子の力になれるのなら、母親としては真剣に向き合うしかない。

「はい。気づかない振りをして、わざと着替えを覗かせてあげるとか、お風呂あがりにバスタオルを巻いた姿だけであらわれるとか、健太郎くんが喜びそうなことをなにか。できれば、身体を触らせてあげたり、触ってあげたりがいいんですけど」

（着替えやお風呂あがり程度なら、さり気なくできるかしら？　でも、身体を触らせたり、触ったりは……。もし私が触ってあげたら、きっと喜んでくれるわね。いえ、でも母親がそんなことを……。うぅん、それで健くんがお勉強に集中できるなら……）

「いますぐの確約はちょっと……。ちゃんと考えるから、少し時間をちょうだい」

パンティに大量の白濁液を吐き出す、息子のペニスを握ってやる場面を想像したとたん、怜子の背筋に禁断のさざなみが駆け抜けていった。それを隠すように、ぎこちない笑みを浮かべ、理沙に返事をする。

「分かりました。健太郎くんのためにも、前向きな検討をお願いします。ただ、あたしと健太郎くんの約束も進行していることを、お忘れなく」

理沙は余裕のある笑みを浮かべつつそう言うと、帰って行ったのである。

— 2 —


「ほら、ママ、お水持ってきたよ」

水曜日の午後十一時すぎ。翌日のテスト準備を終え、そろそろ就寝しようかと思っていた矢先に、義母が帰宅してきた。この日、怜子は研究日で休みであったのだが、放課後に文化祭の話し合いがあり出勤していたのだ。

話し合いのあと、同僚と飲酒をしていたらしく、足元が覚束ないほどに酔っての帰宅であった。そのため、寝室まで付き添ったあとキッチンに向かい、冷蔵庫からミネラルウォーターを取り出し、再び怜子の寝室へと戻ってきたところである。

「うっ、う〜ん。ありがとぅ、けんクン」

ダブルベッドの縁に浅く腰をおろしていた義母は、グラスに入れられた冷たい水を受け取ると、ドキッとするほどの艶っぽい眼差しを向けてきた。

(ママがこんなに酔って帰ってくるなんて。イヤなことでもあったのかなぁ……)

日本人としては彫りの深い、目鼻立ちのはっきりとした美貌を悩ましく染めた怜子が、ゆっくりとグラスを口元に運び、ふっくらとした朱唇にあてがう姿を見た瞬間、パジャマの下でペニスが、ピクッと小さく反応してしまった。

「はぁ、ありが、とぅ」

「うん。じゃあ、ちゃんと着替えてから寝なよ。おやすみ」

「手ちゅだって」

妖艶な雰囲気を漂わせ、水を飲んだ美母からグラスを受け取った健太郎が、部屋をあとにしようとすると、まったく思いがけない言葉を投げかけられた。

「えっ？」

「着替えるから、手伝って。ほりゃ、はやく〜」

普段は知的な二重瞼の瞳を細め、怜子が真っ直ぐにこちらを見つめてきている。

（ママの着替えを手伝うってことは、つまり、ママの裸を……）

想像するだけで、鎌首をもたげはじめていた淫茎が、一気に膨張していく。

「わ、分かったよ」

手にした空のグラスを床に置いた健太郎は、上ずった声で返答すると、再び義母の側へと歩み寄っていった。その際、さり気なく右手を股間にのばし、硬直を楽な位置に調整することも忘れない。

「どうすれば、いいの？」

「じぇ〜んぶ、脱がしてくれれば、いいにょよ」

「ぜ、全部……」

性感をダイレクトにくすぐってくる言葉に、健太郎の声が裏返ってしまう。

(全部ってことは、全部だよな。ママをスッポンポンに……。いや、待て。いくらなんでもスッポンポンはないだろう。でも、下着姿くらいは、確実に見られる!)

「ほ~ら、お願い、はやくぅ」

「は、はい。まずは、ジャケットから」

かすれた声を出した健太郎は、鳩尾《みぞおち》の少し下あたりで留まっていたジャケットのボタンに、震える手をのばしていった。どうにかボタンを外し、ジャケットを脱がせる。

「ああ、ママ……」

感嘆の呟きが漏れ出てしまう。ジャケットの下からは、なめらかな光沢のシャーリングTシャツが姿を見せたのだが、その胸元が誇らしげに突き出ていたのだ。

(ママのオッパイって、ほんとに大きいよなぁ……。今日はこのシャツを脱がせて、直接オッパイを見ることができるんだ)

「どうちたの、けンくん。早くシャツも脱がせて」

等身大着せ替え人形のように黙って座っていた怜子が、ウットリと見つめている健太郎に甘い囁き声をかけてきた。

「あっ、ご、ごめん」

背筋を蕩けさせるほどの媚声に、健太郎の意識が現実へと引き戻された。ハッとして義母の顔に視線を戻すと、そこには悩ましく瞳を細めた、それまで見たことがないほどに色っぽい怜子の相貌があった。

「さあ、お願ぃ」

アルコールの影響か、上半身を前後に揺らした美母が、万歳をするように両手を頭上に掲げてくる。Tシャツが胸元に貼りつき、豊かな膨らみをさらに強調してきた。

健太郎はその実りをずっと見つめていたい気持ちを抑え、少しだけずりあがった裾に両手の指を引っかけると、そのまま真上に引きあげるようにして脱がせていった。

「あぁ、ママのオッパイだ……」

小さな呟きが自然と漏れてしまう。シャーリングTシャツの下からあらわれたのは、スカイブルーのブラジャーであった。四分の三カップの下着は、レースで精緻な百合の花の刺繍が施され、谷間に向かって鋭く切れこむようなデザインをしていた。

(凄い！　ママのオッパイ、こんなに実物は大きかったのか)

毎晩、下着を洗濯機から持ち出す際、ブラジャーの存在も気にはなっていた。できれば、豊乳に一日中触れていたカップを鼻に押し当て、その香りを堪能しながら扱きあげてやりたかった。だが、ブラジャーはいつも専用のネットに収められており、もし取り出して元に戻せなかったらと考えると、どうしても躊躇してしまうのだ。

（このブラジャーも外しちゃって、ママのオッパイを思いきり、揉んだり、しゃぶったりできたら、僕はそれだけで……）

完全勃起のペニスが、締めつけるブリーフの中で何度も跳ねあがっていく。そのつど、鈴口から先走りの粘液が漏れ出ていることを、健太郎は感じ取っていた。

「う〜ん、次は、スカートをお願いぃね」

「えっ、あっ、う、うん」

膨らみに張りつけになっていた視線を、再び怜子の美貌に戻していく。

「ママ、ごめん。一度、立ちあがってくれる？　そのほうが脱がせやすいと思うんだ」

「えっ、ええ」

いかにも億劫そうに、義母が立ちあがってきた。足元がふらついている。心配になってのばした健太郎の腕に、怜子がしがみつくようにしてきた。両方の二の腕には、パジャマ越しにも美母のしなやかな指先の温もりが、はっきりと伝えられてきている。

「ママ、大丈夫」

「ごめんにぇ、けンくぅん。迷惑かけちゃって」

「そ、そんなこと、ないよ」

ほとんど正面から抱き合うような感じになっている美母に、アルコールの影響でトロンとしている瞳で見つめられると、健太郎の背筋はブルッと震えた。義母の鼻や口から漏れるアルコール臭に混じって、甘い体臭も鼻腔をくすぐり、このまま抱き締めてしまいたい思いに囚われる。

だが直後、怜子が二の腕から両手を離してきた。それによって、抱き締めたい気持ちをグッと抑えこみ、健太郎は義母の背中側にまわりこんでいく。

シミひとつない美しい雪肌。抱き締めたら折れてしまいそうな細腰。その深く括れたウエスト部分にあるスカートのボタンを外し、ファスナーも引きおろしていく。すると、ストンと真っ直ぐにタイトスカートが怜子の足首まで落ちていった。

「はぁぁ、ママ……」

陶然とした呟きが自然と漏れ出る。新たに姿を見せた下半身に視線を張りつかせたまま、ゆっくりと怜子の正面に戻っていく。

外国人モデルのようにツンと上向きのヒップを覆うのは、ブラジャーとペアのスカイブルーのパンティであった。前面のレースは、やはり百合の花の刺繍で、レースの隙間からは少しだけ、黒い翳りのようなものが見えていた。

（あれって、ママの陰毛……。それに、ストッキングも普通のじゃない！　太腿の途中までしかないなんて……）

このとき義母の長く美しい脚に貼りついていたのは、普通のパンストではなく、穿き口のレースストップで留めるタイプであった。レースストップの内側にはシリコンがついており、ガーターベルトをしなくてもずり落ちてこないようになっているようだ。

（ママが下着に凝っているのは知ってたけど、こんなストッキングもあったなんて）

いままで洗濯機の中からストッキングを持ち出した経験はない。それだけに、太腿の半ばで留まっているストッキングは衝撃であった。

スカイブルーのパンティ、むっちりとした白い腿肌、そして漆黒のストッキング。そのコントラストが、健太郎の性感をダイレクトに刺激してくる。ゾワッとした震えが腰骨を襲い、いきり立った硬直が一際大きく胴震いを起こしてしまう。

「にぇえぇ、健くん、もうベッド戻っても、いい？」

「えっ、うん、いいよ。ごめんね、ママ、わざわざ立ちあがってもらって」

足首からスカートを抜き取った怜子が、再びダブルベッドの縁に腰をおろしていった。辛うじて座ってはいるものの、いつ倒れこんで眠ってしまってもおかしくない。

「ママ、横になる前に、パジャマ、着て」

枕元にたたんで置かれていたパジャマに健太郎が手をのばそうとした直後、思いがけない言葉が投げかけられた。

「その前に、ブラもはずちて」

「えっ、ブ、ブラジャーも⁉」

視線がスカイブルーの下着に包まれた双乳に引き寄せられていく。釣り鐘状に突き出した、たわわな膨らみ。ブラジャーを外すということは、その膨らみを生で見られることを意味していた。

「そうよ。締めつけられてて、苦ちぃの」

鼻にかかった甘い声が、健太郎の牡の部分をくすぐってくる。

「く、苦しいって、ママ、オッパイが大きくなっちゃったんじゃないの」

(僕はなんてことを言ってるんだろう。でも、ママが酔ってるからこそ、だよな)

普通ではとても口にできない言葉も、相手が酔っ払い、記憶も曖昧なものしか残らないであろうことを見越せばこそ言えた。

「そんなことにゃいわよ。だって、ママ、パパが死んじゃってから、誰にも触らせて、にゃいんだから。ほりゃぁ、早く、ちて」

潤んだ瞳で見つめられると、そのまま押し倒してしまいたい衝動に駆られる。その思いを再びこらえ、健太郎はダブルベッドにあがると怜子の後ろにまわりこんだ。

(よかった。ママには恋人がいないのか。それに、父さんが死んでから、誰も見たことのないオッパイを見ることができるなんて、僕はなんて幸せ者なんだろう)

緊張で口内が渇いてきてしまう。豊満な膨らみをしっかりと支えるための、太めのストラップと幅広ベルト。健太郎は鼻息が荒くなるのを自覚しつつ、スカイブルーの幅広ベルトにある三段ホックへと指先をのばしていった。

「ほんとに外して、いいんだよね」

「ええ、お願ぃ。早くママのオッパイを、解放ちてちょうだぃ」

かすれた声で確認を取った健太郎に、義母は悩ましいほどに甘い声で促してきた。

小刻みに震える指先でベルトを摘み、ホックを外していく。その瞬間、釣り鐘状に実った膨らみが、たわむようにして姿をあらわした。

「ありがとぅ、けンくん」

艶めかしい仕草で、怜子がストラップを肩から抜き取り、無造作に床に落とす。

(ママのオッパイ。こんなに大きいのに、全然垂れてなくって、なんて素敵なんだ)

一秒でも早く、義母の乳房を見つめたかった健太郎は、ホックを外すとすぐにベッドをおり、怜子の前へと戻っていた。初めて生で目にする豊乳は、圧倒的なボリュームと美しさで、健太郎の股間を刺激してきた。甘ったるい匂いが鼻腔に届き、少年の性感に揺さぶりをかけてくる。

誇らしげに突き出した釣り鐘状の膨らみ。その頂上付近は、直径五センチほどの広がりをみせる淡いピンクの乳暈が取り囲み、その中心に小指の先ほどの大きさをした濃いピンクの乳首が載っていた。

陶然として豊乳を見つめていると、突如、怜子の身体がグラッと揺れた。そのまま後ろに倒れこんでいきそうになったのだ。

「マっ、ママ」

「う～ん、胸が楽になっちゃから、寝る」

とっさに両手をのばし、義母の両肩を掴んで倒れるのを防止した健太郎に、怜子は半分閉じかけてしまった目で見つめてきた。

「でも、このまま後ろに倒れたんじゃ、脚がはみ出したままになっちゃうから、ちゃんと枕に頭を載せようよ。さあ」

美母から漂ってくる、アルコール混じりの甘ったるい体臭に頭をクラクラさせながらも、健太郎はどうにか怜子を定位置に横たえることができた。

（ああ、本当に凄い！　こんなに綺麗で、いやらしい身体をしてるなんて、反則だよ）

枕に頭を載せ、目を閉じている義母を見つめ、心の中で呟く。横になっても横方向にほとんど広がることなく突き出ている乳房が、規則的に上下に動いている。

下半身方向に視線を向けると、細く括れたウエストがあり、さらに下にはスカイブルーのパンティに守られた股間が目に飛びこんでくる。そして、むっちりとした太腿の半ばまでしかない黒いストッキング。

「パジャマを着せなきゃいけないのは分かってるけど、でも僕、もう、たまらないよ……。はぁ、ママ、ママ、気持ちいいよ」

健太郎の右手は、パジャマズボンを突きあげてくるペニスにのびてしまっていた。完全勃起のイチモツを握り、軽く上下にこすりあげていく。快感の震えが背筋を走り、自然と愉悦の囁きが漏れ出てしまう。

(ママを見ながら、こんなことができるなんて……。イヤ、いまならもっと……。ママの身体に触ることだってできるかも)

怜子の顔に視線を戻すと、目はしっかり閉じられ、軽い寝息も聞こえてきていた。

「ママ……。ママ……。よし、大丈夫だな」

小さく呼びかけてみたが、反応はない。それを確かめてから、健太郎は右手をそっと義母の右乳房にのばしていった。膨らみの側面に指が触れる。ムニュッとした感触が、指先から伝わってきた。

（す、凄い！　こんなに、柔らかい、なんて……）

指先に少し力を加えると、その分だけ柔肉に沈みこんでいく。横になってもほとんど型崩れしていないことから、もっと張りが強いのかと思っていただけに、その柔らかさは驚きであった。

「う～ん」

控えめに乳肉側面を揉んでいると、怜子が小さなうめきを漏らした。ハッとして手を離す。しかし、起きる気配はない。すぐに規則的な呼吸へと戻っていく。

（大丈夫だ。起きてない。今日はいつも以上にお酒飲んでるみたいだし、ちょっとやそっとじゃ、きっと起きないよな。だったら、もっと……。あっ、でも、その前に）

健太郎は美母を起こさないようにそっとベッドからおりると、パジャマズボンとその下のブリーフを一緒にしてずりさげていった。

下腹部を叩きそうな勢いで強張りが飛び出してくる。亀頭は膨張した影響で多少は赤黒くなっているものの、まだまだ初々しいピンクが強かった。鈴口からは、ネットリとした粘液が滲み出し、亀頭裏の窪みを通って肉竿の裏筋に垂れ落ちている。

「ママを見ながら、身体に触りながら、させてもらうんだ。いいでしょう、ママ」

眠っている義母に小さく囁きかけていく。当然、返事はない。怜子が起き出していないことに、ホッと胸を撫で下ろしつつ、再びベッドに戻ろうとした。直後、床に落ちているブラジャーに目が止まった。

(ママのブラジャーだ。さっきまで、あの大きなオッパイを包んでたブラジャー)

チラッとベッドに視線を移し、たわわな膨らみを見つめた健太郎は、ブラジャーを摘みあげていった。カップ表面に施されたレースの凹凸とは対照的に、内側はふわっとしたなめらかさがある。

思わず、カップ内側に鼻を押し当ててしまった。大きく息を吸いこんでいく。すると、ほのかな汗の匂いに混じって、甘い乳臭が鼻腔粘膜の奥を刺激してきた。

(はぁ、ママのオッパイの匂い、なんて甘くて美味しそうなんだろう)

天を衝くペニスが、ビクンと大きく胴震いを起こした。先走りが溢れ返るように垂れ落ち、今回は陰嚢までもがうっすらと濡れてしまう。

ウットリとした表情でカップを鼻から離した健太郎は、今後はベルト部分に縫い付けられているタグに注目していく。するとそこには「H70」という記述があった。

(H70？　Hっていうのは Hカップ、っていうことだよな……。すっ、凄い！　ママのオッパイ、大きいとは思ってたけど、まさか Hカップだったなんて……)

視線を再びベッドにあお向けに横たわり、規則的な寝息を立てている怜子に向けていく。視線は自然と、誇らしげに聳え立つ二つの小山に集中してしまう。稜線自体はなだらかであるものの、圧倒的な存在感を放つ乳連山。

喉が盛大に上下に動いた。直後、自分でも驚くほど大きな音が鳴り、健太郎はヒヤッとした。義母が目を覚ますような大音量であるはずもないのだが、これから行おうとすることへの後ろめたさから、背筋に冷や汗が流れてしまう。

怜子に変化がないことを確かめ、健太郎は再度ダブルベッドへとあがった。右手に握ったままのブラジャーをベッドの隅に置くと、マットレスの振動で義母を起こさないよう注意しつつ、ゴージャスな肉体に近づいていく。

美母が眠る真横に移動し、ウットリとした目で完璧な美貌と肉体を誇る怜子を見下ろす。うりざね形の顔は、いまは閉じられているが、起きていれば理知的な光を放つ二重瞼の瞳と、やや高めの鼻、そして、ふっくらとした唇で構成されていた。

「ママ、ごめんね」

健太郎は眠っている義母に小さく謝罪の言葉を述べると、そのまま顔を近づけていった。規則的な寝息を立てている朱唇に、自分の唇をそっと重ね合わせていく。

（あっ、柔らかい……。僕はいま、ママとキス、してるんだ。僕のファーストキス）

唇に感じるふっくらとした感触に、背筋が感激の震えに見舞われてしまう。

(このままずっと、ママの唇と触れていたい。でも、いまはもっとほかに……)

ずっと唇を接触させていたい思いを断ち切り、陶然とした表情で母の朱唇を解放していく。次に健太郎が目指したのは、やはり二つの巨大な乳連山だ。

「ママのオッパイ。息子の僕なら、触っても、キスしても、いいよね。僕、ママのこの大きなオッパイにずっと憧れてたんだよ」

未亡人になって以降、誰も触れていないことが判明した豊乳。健太郎は怜子の隣に添い寝をすると、その頂点に位置する濃いピンクの突起に唇を近づけていった。

「ゴクッ。……チュッ」

顔を近づけていくと、その分だけ甘く芳しい乳臭が鼻腔粘膜を刺激してくる。硬直が小刻みに小さく震え、先走り液が次々と溢れ返ってきてしまう。射精感の上昇を感じつつ、左乳房の頂上にあるポッチをしゃぶっていった。

「ふっ、ぅ～ん」

それまで規則的であった義母の寝息が乱れ、身体を少しよじるような仕草も見せてきた。ハッとして慌てて乳首を解放した健太郎は、不安そうな眼差しで怜子の次の反応を待った。

（よかった、ママ、起きたわけじゃないんだ。でも、注意しないとな）

鼓動を速めている心臓を落ち着かせるように小さく深呼吸をし、再度、左乳首に唇を近づけていった。今度はしゃぶるのではなく、唇に突起を挟みこむだけである。

（あぁ、できれば思いきりチュウチュウ吸いつきたいよぅ。でも、そんなことしたら絶対、ママが目を覚ましちゃうし……）

乳首を唇で軽く挟みこみ、小さくパクパクと動かすことしかできない現状に、もどかしさが募ってくる。しかし、舌先で嬲ったり吸引すれば、義母が目を覚ましてしまうかもしれない。そう考えると、身悶えるほどのもどかしさに耐えるしかなかった。

（いつか、起きているママのオッパイを、こんなふうにすることができれば……）

『高校二年生にもなって、ほんとに健くんは甘えん坊なんだから。いいわよ、ママのオッパイでよかったら、好きなだけ吸わせてあげる。いらっしゃい、私の可愛い坊や』

甘く囁きつつ、Hカップの豊乳を差し出してくれる怜子の姿が、鮮明に脳裏に思い描かれてくる。限界付近まで膨張しているペニスが、ビクンと一際大きな震えに見舞われ、腰骨がゾワッと波立つ感覚が襲う。

（ダメだ、出ちゃいそう。でもどうせなら、ママのオッパイでこいつを……）

小刻みに跳ねあがる硬直に右手を添えた健太郎は、軽く唇に挟んでいた美母の乳首を解放し、ゆっくりと上体を起こしあげていった。

怜子の顔に再び視線を向ける。ふっくらとした朱唇が、先ほどよりも少し開き、眉間に悩ましい皺が寄っているように見えるものの、目は覚ましていないようだ。

(お願いだから、もう少しだけ、目を覚まさないでよ)

心の中で祈りつつ、健太郎は怜子の身体を挟むように膝をつき、そのまま腰を落としていった。右手で天を衝く強張りを押しさげながら、たわわな双乳が作り出す深い谷間にペニスを挟みこんでいく。

「うはッ、あっ、おぉぉぉ……」

その瞬間、快感のうめきが自然と漏れ出てしまった。まだまだ張りを失っていない乳肉。しかし、その柔らかさも信じられないほどだ。

(凄い！　さっき少し揉んだときも柔らかいと思ったけど、こんなに優しくチンチン挟まれちゃうなんて……)

右手で強張りを押さえつける形で、谷間に硬直を押しつけただけにもかかわらず、射精衝動が一気に迫りあがってくる。先走り液がピュッとこぼれ落ちていく。

健太郎は左手を右乳房の側面に這わせ、真ん中に寄せるようにすると、素早く右手も左乳房の側面に這わせていった。ペニスが飛び出してこないよう、たわわな双乳でしっかりと包みこんでいく。

「ああ、ママ……」

喜悦のうめきがこぼれて落ちてしまった。見下ろすとそこには、豊満な乳房の谷間にしっかりと包みこまれたペニスの姿が、はっきりと目に飛びこんでくる。

視線を上にズラせば、ふっくらとした朱唇を半開きにし、どことなく切なそうに眉間を寄せている怜子の寝顔があった。

(ママのオッパイに、ほんとに挟みこんでるんだ)

改めて最愛の母の豊乳にペニスを埋没させていることを実感し、背筋には背徳のさざなみが駆けあがっていく。

「ママ、したいよ。僕、本当はママと、セックスがしたいんだ」

眠っていても美しい義母の美顔を見つめつつ禁断の欲望を吐露すると、ゆっくりと腰を前後に動かしはじめた。潤滑油となるものが、先走り液しかないだけに、すべりは決してよくはない。しかし、スベスベでもっちりとした乳肌の感触は絶品であった。

「おお、ママ、すっごい、気持ち、いいよ。ママのオッパイは、最高だ」

怜子を起こさないよう、囁くように感動を口にし、さらに腰の動きを速めていく。

「うくッ、はっ、ああ、すっごい。ママのオッパイでこすってもらうのが、こんなに

気持ちがいいなんて、想像していた以上だ」

義母が目を覚まさぬよう気を遣いながらであるだけに、双乳に這わせた両手は憧れの乳肉を揉みこむこともできず、強張りが谷間から飛び出さない程度の圧迫を加えるしかない。それでも、完全勃起に感じる乳圧は、予想を遥かに超えるものがあった。

柔らかくそれでいて充分な張りに満ちた双乳。ゆっくりと腰を前後させるごとに、腰骨を蕩けさせるほどの愉悦が快楽中枢に届いてきている。

(柔らかくて、温かいオッパイに挟まれているってだけで、出ちゃいそうだよぅ)

なめらかな乳肌の優しい温もりと、膨らみの外側に這わされた両手によって、悩ましくひしゃげている乳肉の映像が、射精感を煽り立ててくる。

「ああ、ママ、おっ、くぅぅぅ……」

こらえようとしても、健太郎の口からは、喜悦のうめきが漏れ出てしまっていた。

(まずいよ。もしいまママが目を覚ましたら……)

息子が眠っている母親の身体に悪戯をし、豊満な乳房にペニスを挟みこんで射精しようとしているのだ。いくら優しい怜子でも、許してもらえる限度を超えている。

(でも僕は、ママのオッパイに、出したいんだ)

チュッ、グチョッ、腰を動かしていると、小さな粘音が鼓膜に届きはじめていた。

止めどなく溢れ返る先走り液が潤滑油代わりに機能しはじめていたのだ。

類い稀な美貌を誇る三十二歳の女教師。路上ですれ違ったとたん、誰もが振り返りたくなるほどの美しさと、日本人離れしたグラマラスな肢体。健太郎にとっては、非の打ち所のない完璧な女性。そんな美女の豊乳でペニスを扱きあげているのだ。

チュプ、クチュッ、自然と腰の動きが加速してくる。卑猥なテカリを放つ亀頭が、谷間から顔を覗かせる頻度が増していた。さらには、乳淫摩擦による熱の影響か、怜子の乳肌にうっすら汗が浮かびあがってきている。その汗が、柔乳に一層の艶めかしさを与え、健太郎の興奮を盛りあげてきた。

(ヤバイ、そろそろ限界だ)

乳肉にすっぽりと包みこまれた強張り。鳩尾の下あたりの柔肌に接触していた陰嚢が、キュンッといななきながら縮こまっていく。背筋がざわめき、ブルッとした震えが総身を駆け巡った。腰が跳ねあがり、ペニスが谷間から飛び出してしまいそうになる。思わず両サイドから乳肉を力いっぱい寄せ集め、なんとか押さえこんでいく。

「ふっ、ぅ～ん」

怜子の眉間に寄っていた皺がさらに深くなり、悩ましく半開きになっていた朱唇からは甘いうめきがこぼれ落ちていた。

「えっ、ダメだよ、まだ、起きないで。ああ、ママ、出る。僕、出すよ」

義母の変化に焦りを覚える。しかし、それがさらなる刺激となり、直後、健太郎のペニスに射精の痙攣が襲いかかってきた。

ビクン、ドゥクン、ドクッ……。

谷間から飛び出さないよう、さらに強く乳房を押し潰していく。結果、迸り出た白濁液の大部分は、豊乳の谷間で受け止められた。しかし、押さえこみに失敗した一部の精液が、義母の美しい顔に飛んでしまった。鼻腔粘膜に届いてきた饐えた若牡の精臭に、脳が揺らされてくる。

「おぉ、すごっ、気持ち、いぃぃぃ……」

十回近い脈動を繰り返したペニスに、健太郎は恍惚のうめきを漏らしていた。ペニスをしっかりと包みこむ乳肉と、手の平から伝わってくる柔らかくも張りを失っていない乳肌の感触。ずっとこのままこうしていたい、という思いが強く心に残る。

「ンぅっ、ふ～ン」

「ハッ！」

先ほどまでとは明らかに違う怜子のうめきに、一気に現実に引き戻された。強く押し潰すように、谷間に寄せてしまっていた乳房から慌てて両手を離す。その瞬間、ビクッと震えながらペニスが浮上してきた。ピュッと飛び出した残滓が、あろうことか眠る義母の下唇に降りかかってしまった。

「ぅんッ。ンはぁ、う〜ん」

違和感を覚えたのか、怜子が半開きであった朱唇を閉じ、下唇を口の中に含むような仕草をしてきた。

(や、ヤバイ! いま、目を覚まされたら、僕はもう終わりだ)

義母の口に迸り出た白濁液の一部が含まれるという、性感を激しく揺さぶる事態にもかかわらず、健太郎は逆にパニックに陥りそうであった。射精直後でも硬度を維持しつづけていたペニスから、急速に勢いが失われていく。

(とにかく、ママが目を覚ます前に、全部綺麗にしないと)

大急ぎで動きたいところだが、そんなことをしてもし怜子を起こしてしまったら最悪である。そのため、焦りつつも慎重に立ちあがりベッドからおりると、ナイトテーブルに置かれていたボックスティッシュで、丁寧に迸り出た粘液を拭っていった。

(ふぅ、これで大丈夫、だよな。でも、パジャマ、どうしよう……)

さほど寒くはなかったが、夏でもないのでこのまま裸で放置してしまうのはまずいような気もする。しかし、下手にパジャマを着せようとして義母に目を覚まされてしまっては、さらによろしくない事態を招きそうな予感があるのだ。

（一応、綺麗に拭いたけど、匂いは残ったままだもんなぁ）

ペニスに付着した精液の処理を済ませた健太郎は、ブリーフとパジャマズボンを身に着けつつ、鼻をクンクンとさせてみた。すると、牡の欲望臭がはっきりと分かるほど、濃く漂っている。

「ごめん、ママ」

健太郎はスカイブルーのパンティと、太腿の半ばまでしかない黒いストッキングだけの怜子を見つめ、小さく謝罪の言葉を口にした。パジャマを着せることを断念し、裸の義母に布団をかけていく。

「ほんとにごめんね、ママ。でも僕、ママのこと、本当に大好きなんだよ」

いまは再び規則的な呼吸に戻っている美母の寝顔に語りかけると、健太郎はその頬にチュッとキスをしてから自室へと戻ったのであった。


— 3 —


「ふぅ～」

健太郎が寝室をあとにした直後、怜子は目を開けると、小さく息をついた。

（まさか、健くんがあんなことまでしてくるなんて……）

午前中にやって来た理沙の言葉に触発された怜子は、お酒の力を少し借りて着替えを手伝ってもらうつもりであったのだが、まさか眠った振りをした義母の乳房にペニスを挟みこんでくるとは、まったくの想定外であった。

（まだ、健くんの硬いオチンチンの感触が、残ってるわ。それに、この濃厚な匂い）

息子がかけてくれた布団を剥ぎ取り、怜子は右手を右乳房に這わせていった。深い谷間を作り出す双乳の内側部分には、いまだにペニスの感触がありありと残っていた。また、意識をしなくても、部屋に充満した牡の欲望臭が鼻腔を刺激してくる。

（いやだわ、まだ口の中に、健くんの味と匂いが、いっぱいに広がっている）

唇の端に飛び散ってきた粘液を、思わず口腔内へと迎え入れてしまっていた。ほんの少量であったにもかかわらず、息子の精液は快楽中枢を麻痺させるほどに濃厚で甘美な味わいをもたらしていたのだ。

（あぁん、ダメよ、これは健くんの欲望をコントロールするためのことなのに、私がこんなに感じちゃうなんて……。でも、あんなに悦ばれたら、もっと……）

「あんッ、健くん、ほんとはいけないのよ、ママのオッパイであんなことしちゃ」

豊かな乳肉を優しく揉むと、ゾクッとした愉悦が背筋を駆け抜けていく。ジュッと音を立てて、蜜液がパンティの股布に染み出していってしまう。

(でも、胸だけでよかったわ。もし、こっちにも手をのばされてたら、私が本当は起きているって、バレちゃったかもしれないもの)

乳房にあった右手を、下腹部へとおろしていく。指先がスカイブルーの薄布の前面に施された精緻なレースの凹凸を抜けると、とたんに湿った感触が襲いかかってきた。

「あぁん、こんなに濡れちゃってる。健くんのせいよ、少しのサービスのつもりだったのに、ママのオッパイ触ったり、吸ったり、最後にはあんなことまで……」

健太郎が側にいたら、それだけで射精してしまうのではと思えるほどに甘い声。

指先が触れた股布はすでにぐしょ濡れ状態になっており、淫唇が大洪水を起こしていることが分かる。大きなシミを作り出す元である淫裂を、上下に軽くなぞると、それだけで腰が突きあがってくるほどに激烈な悦楽が、脳天に突き抜けていった。

「はぅ、あん、ダメ、ほんとはこんなこと、いけないのよ。でも……」

ギュッ、クチュッ……。言葉とは反対に、指の動きは止まる気配をみせない。それどころから、より激しく淫裂を扱きあげ、淫らな蜜音を響かせてしまうのだ。さらには、左手が豊乳に這わされ、その豊かすぎる膨らみを交互に揉みしだいてしまう。

「あぁ、健くん。ダメよ、ママに、あんッ、寝ているママの身体に、あんなエッチなことしちゃ、絶対にダメなんだからぁ」

息子に意識があることを気づかれないよう、必死に目を閉じていたため、健太郎のペニスがどんなものなのか、その全貌は分からない。しかし、胸の谷間に押しつけられた感触から、驚くほどに熱く、そして硬いということだけは分かっている。

（それだけじゃないわ。結構、大きそうだったもの。あぁん、あんな硬くて、熱くて、大きなオチンチンを挿れられちゃったら……。あぁん、ダメよ、母親の私がそんなこと考えちゃ。でも、もし本当にそうなったら……）

股布の上から淫裂をなぞっていた右手が、脇から内側に忍びこんでいった。艶めかしくぬめった秘唇、淫らに口を開けた肉洞に、しなやかな中指を押し入れていく。

「はぅッ！　ぐっ、あんッ、はぁ、ダメ、健くん。ママに、挿れちゃ、ダメなのぉぉ」

目を剝くほどに強烈な淫悦に、腰が断続的に跳ねあがってしまう。複雑に入り組んだ細かな柔襞が、一斉に中指に絡みついてくる。

「はぁン、こんないけないことをしちゃうママを、許してね」

直接、内側から蜜壺を刺激する指の感触に、怜子は切なそうに眉根を寄せると、自室へと戻った息子に小さく詫びつつ、指をゆっくりと抜き差しさせはじめた。チュッ、クチュッとくぐもった淫音が瞬く間に奏でられはじめる。

「あっ、はぅン、ああ、健、くん。ママ、あなたにならなにをされてもいいわ。オッパイが欲しかったら、毎日、吸わせてあげる。ほら、ここ、乳首、吸っていいのよ」

目を閉じると、瞼にウットリと義母を見つめる健太郎の顔が浮かんできた。想像の中の息子に囁きかけつつ、怜子は豊乳を捏ねまわしていた左手の親指と人差し指で、ぷっくりと充血した右乳首を摘みあげていった。その瞬間、盛大に腰が跳ねあがり、右の中指を咥えこむ淫唇がキュッとその締めつけを強めてきた。

「あっ！　はぅン、ああ、健くん、ケン……。もちろん、オッパイだけじゃないのよ。ここが、あんッ、このママのエッチなあそこにオチンチンを挿れたかったら、正直に言って。ママ、あなたが望むならどんなことだって……」

絡みつく膣襞をこそげ取るように中指を動かしつつ、背徳の言葉を紡いでいく。指を出し入れさせるごとに、グチョッ、クジュッと粘ついた攪拌音が高まり、怜子の背筋を走る悦楽のさざなみも、比例して大きくなっていった。

「うぅん、素敵よ、健くん。ママ、あなたの逞しいオチンチンで、イッちゃうわ」

瞼の裏に浮かぶ、健太郎の快感に歪む顔に囁きかけながら、怜子は絶頂への最後の階段をのぼっていくのであった。

第二章　初めての経験と義母の焦り

―１―

（まだかな、理沙先生、まだ、来ないかなぁ……）

十月も下旬に差しかかった金曜日の午後四時半前。新宿アルタ前の歩道にいた健太郎は、時計を見ては左右に顔を振って待ち人の姿を探していた。かれこれ三十分近く前から、落ち着きなく同じ動作を繰り返している。

この日の午前中に中間テストの成績発表があり、健太郎は見事、前期末に比べ三十二番、順位があがったのだ。正確に言えば、二百三十五人中六十五位という成績。それまで中位の成績であったものが、上の下から中あたりまで急激にのびたのである。

昼休みに早速、理沙の携帯電話に連絡すると、午後四時半にアルタ前での待ち合わせを提案されたのであった。

『健太郎くんの学校って、制服なかったわよね？　だったら、今日でも大丈夫？　早いほうが嬉しいでしょう』

公立高校のため制服がなく、私服通学をしていた健太郎は、この日もボタンダウンの長袖シャツに、チノパンという格好をしていた。そのため、そのままラブホテルに入っても、特段見咎められることはない。それを見越しての提案であった。

（ママとはなにもないけど、家庭教師に来るたびに、理沙先生が約束通り手や口でしてくれたのが大きかったよなぁ）

最愛の義母とはなんの進展もないものの、理沙は約束通り、家庭教師に来た日は必ず、勉強終わりに手淫や口唇愛撫によって欲望を鎮めてくれていたのだ。それが健太郎にある種の落ち着きをもたらし、勉強に集中できる要因となっていた。

（でも、ママともなにかあれば、僕はもっと……）

義母とは、怜子が酔って帰宅してきた日に寝ている美母の豊乳に触り、最終的には勃起したペニスを挟みこんで射精をするという暴挙以外、なにもなかった。毎日などと贅沢は言わない、週に一度でも義母のゴージャスな肉体に触れることができれば、勉強はさらにはかどるに違いないと確信していた。

ただ、以前とまるで一緒というわけでもなかった。思いすごしかもしれないが、以前より少し無防備になったのではないかと感じることもあるのだ。

（ママの下着姿を覗いたあとにするオナニーは、以前とは比べものにならないくらい気持ちいいし）

以前は着替えをするとき、部屋のドアが閉じられていることが多かったのだが、最近は開けたままの日も増えてきていたのである。義母にバレないようにそっと覗き、グラマーな肢体に彩りを添えるカラフルな下着に股間を熱くさせてしまっていた。

その後、目にしたランジェリーを持ち出し自慰に耽ると、まるで怜子公認で下着に悪戯しているような気分になれたのである。

（理沙先生とエッチできたら、ママに告白する勇気が湧いてくるのかなぁ……）

可愛い女子大学院生の家庭教師と初体験したとしても、義母への気持ちが消えるとは思えない。ただ、もしかしたら理沙が言うように、経験したことによって心に余裕が生まれ、告白することができるのではないか、という期待も少しはあるのだ。

（でも、ほんとに僕、これから、理沙先生と……）

いまこの場所にいるのは、成績上昇のご褒美として、理沙にセックスを経験させてもらうためであることが改めて思い返され、頬にカッと熱を帯びてくるのが分かる。

（ふぅ、落ち着け。こんなところで、急に顔を紅潮させてたら、完全に変な人だよ。ただでさえ、さっきからキョロキョロしちゃってるのに）

目をつぶり、周囲に気づかれないよう、小さな深呼吸を数回繰り返していった。ゆっくりと目を開けると、そこには卵形の愛らしい顔をした、女家庭教師が立っていた。

「り、理沙先生」

まるでイリュージョンを見せられたかのような驚きが、健太郎を襲った。目を見開いて、まじまじと理沙の顔を見つめてしまう。女子大院生は、濃いブルーのカットソーに膝丈のタイトスカートという出で立ちをしていた。カットソーを適度に盛りあげている胸の膨らみに、ついつい目が吸い寄せられてしまいそうになる。

「ちょっと遅れちゃったかな、ごめんね。それより、目をつぶってどうしたの？」

「いえ、なんでも、ないです」

誤魔化すように、健太郎は理沙から視線を逸らせると、腕時計に視線を落とした。時刻は四時三十三分。約束より三分遅れであるが、たいした問題はなかろう。

「そう。じゃあ、行こうか」

にっこりと微笑んだ理沙が、いきなり健太郎の左腕に右腕を絡めてきた。カットソーを盛りあげている乳房の感触が、二の腕にヒシヒシと感じられてくる。

「せ、先生!?」

「うふっ、これくらいのことで驚いてて大丈夫？　授業のあとはもっと凄いことしてあげてるじゃないの」

「そ、そうですけど……」

授業後の手淫とフェラチオを思い出し、頬が一気に紅潮してくるのが分かった。そんな健太郎に、クスッと小さく笑った理沙に主導される形で、歌舞伎町方面に向かっていくのであった。

(ほ、ほんとに僕はこれから、り、理沙先生とここで、そこのベッドで……)

歌舞伎町にあるラブホテルの一軒に入った健太郎は、理沙に言われるまま先にシャワーを浴びていた。現在は、部屋に備え付けられていたバスローブをまとった姿で、ベッドの横に置かれていたラブソファに座り、女子大院生がシャワーから戻ってくるのを待っている状況だ。

(ラブホテルって、こんなに綺麗な感じの部屋だったんだなぁ……)

白を基調とした清潔感漂う部屋は、床と腰までの高さの壁がナチュラルカラーのフローリングであった。ワイドダブルのベッドが部屋の中央に置かれ、その奥側に健太郎が座っているソファ。その正面には壁掛けされた液晶テレビが設置されていた。

(僕はてっきり、もっとケバケバした感じなのかと思ってたよ)

勝手なイメージでは、壁と天井が全面鏡張りの、どぎついピンク色の氾濫した部屋を想像していただけに、お洒落で落ち着いた雰囲気に拍子抜けするところもあった。

カチャッ。洗面、脱衣所の扉が開けられた音に、ドキッとした。一気に心臓が鼓動を速めてくる。落ち着きなくソファから立ちあがり、お姉さん家庭教師を出迎える。

「お待たせ、健太郎くん」

健太郎と同じ白いバスローブ姿の理沙に、胸がキュンとしてしまった。卵形の顔がほのかに上気し、湯上がりの艶っぽさを醸し出している。

（当然、あの中は裸、なんだよな。もうすぐ、理沙先生の裸を、オッパイも、そしてオマ○コも全部、見ることができるんだ）

バスローブの前はしっかりと閉じられ、理沙の肌を見ることはできないものの、ペニスに一気に血液が集まってきてしまった。木綿のローブ地に亀頭がこすられ、ゾワッとした震えが腰骨を襲ってくる。

「そんな緊張した顔しないでよ。あたしまで緊張してきちゃうじゃないの。健太郎くんはただ、あたしの身体を楽しめばいいのよ。さあ、こっちにいらっしゃい」

大きめの瞳に優しい色を浮かべた理沙に促され、健太郎は出来損ないロボットのようなぎこちなさで家庭教師の側へと歩み寄っていった。歩を進めるごとに、亀頭の裏側がバスローブでこすりあげられ、腰が引けそうになってしまう。

「り、理沙先生、僕……」

「もう、緊張しないでって言ってるのに。でも、しょうがないか、初めてなんだもんね。ほんとにあたしでいいの？　お義母さんに思いきってアタックしてみたら？　成績もあがったんだし、ご褒美、くれるかもしれないわよ」

「そんな、ここまで来てそんなこと、言わないでよ。僕、先生が経験させてくれるって言ったから、頑張ったのに。それに、ママに打ち明ける勇気はまだ……。そもそも、先生が言ったんじゃないか。経験しちゃえば、勇気が出るかもしれないって。それとも、やっぱり僕なんかとエッチするのって、気が引けちゃいますか」

健太郎は、自分がどこかのアイドルグループに所属できるほどの容姿をしていないことを、重々承知していた。顔は平均的だが、取り柄のない平凡さはいかんともし難い。それだけに、理沙の気が変わってしまったのではないかと、心配になったのだ。

「バカね、そんなことあるわけないでしょう。ただ、本当にあたしでいいのかと思っただけよ。正直言うとね、童貞くんの筆おろししてあげるの、初めてなのよ」

「えっ？」

「ちょっと、なによ、「えっ」て。言っとくけど、あたし、そんな経験豊富じゃないからね。家庭教師だって、健太郎くんが初めての生徒だったし、ほかの生徒にこんなことしてあげるわけないでしょう。ったく、さてはあたしが相当遊んでると思ってるな」

「そ、そんなこと、ないよ。僕、そんなこと全然思ってない、うん、ほんとに」

甘く睨みつけながら頬を膨らませてきた理沙に、健太郎はアタフタとしてしまった。女家庭教師が遊び人だとは思っていない。それどころか、たまに垣間見せる悪戯っぽい言動や眼差しのほかは、非常に真面目な学生だと思っているのだ。だからこそ大学院にまで進んで勉強をつづけているのだろう。

「分かればよろしい。うふっ、少しは緊張解けた？」

「えっ、あっ、そういえば」

理沙の問いかけに、健太郎はいつしか全身の強張りが解されていることに気づいた。

「それでいいのよ。あたしをステップにして、お義母さんに迫ってみなさい。そして、それをちゃんと報告して。この前の、寝ているお義母さんのオッパイを悪戯したときみたいに。それがあたしの研究に役立つんだから」

そう言うと理沙はバスローブの腰紐をあっさりと解き、身体を隠していた白い木綿生地を床にはらりと落とした。

「ああ、り、理沙、先生の、裸……。ゴクッ」

初めて見る女子大院生の裸体から、視線を逸らすことができなかった。見た目はスラッとした印象なのだが、実際は均整の取れた、素晴らしいスタイルをしている。

キャミソール越しに触らせてもらったことのある乳房は、さすがに怜子には及ばないものの、しっかりとしたボリュームあるお椀形をしていた。ウエストは細く括れ、適度な大きさのヒップはぷりんと上向きだ。

そしてなにより、健太郎の視線を奪ったのが、初めて目の当たりにしたヘアであった。楕円形の形に綺麗に揃えられた陰毛は、柔らかそうに盛りあがっている。

(理沙先生の裸、すっごく綺麗だ。ああ、あそこの毛って、僕のと違って、ふんわりしてるんだなぁ。ママのも、あんなふうになってるんだろうか)

ピチピチとした理沙の裸体を見つめつつも、脳裏には義母の肉体が思い描かれてしまっていた。

「ふふっ、どうしたの？　その顔は。さては、あたしの裸を見ながら、お義母さんの裸を想像してるな」

「えっ、あっ、イヤ、そんな、ことは……」

「いいんだってば。健太郎くんがお義母さんと上手くいってくれたほうが、あたしの研究の役に立つんだし、今日のことも、もちろん成績があがったご褒美の意味が大きいけど、お義母さんへの想いを再確認してもらう意味もあるんだから」

図星を指す指摘に、慌てて否定の言葉を述べようとしたが、理沙はあっさりと肯定的な意見を口にしてきた。それによって、健太郎はそれ以上、なにも言えなくなってしまったのである。

「さあ、次は健太郎くんが裸を見せてくれる番よ」

美人家庭教師は笑顔でそう言うと、健太郎にさらに一歩近づいてきた。お椀形の膨らみが、ぷるんと弾むように揺れている。ペニスがピクッと震え、木綿生地の内側に先走り液を付着させてしまった。

理沙は真っ直ぐに教え子を見つめたまま、両手を腰紐にのばすとバスローブの結び目を解き、やはりなんの躊躇いもなく健太郎の身体からローブを剝ぎ取っていった。

「あっ、理沙、先生」

「凄いね、健太郎くん。大きなオチンチンが、お腹にくっつきそうになってるよ」

次の瞬間、艶っぽく微笑んだ理沙の右手が下腹部におろされ、裏筋を見せてそそり立つ強張りをやんわりと握りこんできた。

「うはッ、あっ、ぐッ、り、理沙、先、せぃ……」

いきなりペニスを掴まれた健太郎は、腰を激しく震わせてしまった。突き抜けるような愉悦が、一気に背筋を駆けあがっていく。硬直は胴震いを起こし、鈴口から先走りの粘液が溢れ返ってしまう。

「まずは一度、出しておいたほうがいいみたいね」

パッチリとした瞳に蠱惑的な笑みを浮かべた理沙が、右手で肉竿を握ったまま膝立ち姿勢となった。口角がややあがった魅力的なアヒル口を開くと、ピンクの舌を突き出し、陰嚢付近から亀頭裏までをツーッと舐めあげてくる。

「うふぉッ、あぅ、くっ、おぉぉ……」

睾丸がわななき、沸騰したマグマが迫りあがってきそうになる。健太郎は肛門を引き締めることによって、なんとか射精衝動をやりすごしていった。

「耐えたのね、偉いわ。でも、我慢しなくていいのよ。本番はこのあとなんだから」

優しい微笑みとともに語りかけてきた理沙は、右手に握った肉竿を少し押しさげると、今度は口を大きく開け、亀頭を口腔内に咥えこんできた。

「ンチュッ、ぢゅちゅ」

「くはッ、あぁ、先生、理沙、せん、せぃ……」

敏感な亀頭裏の窪みを尖らせた舌先で嬲られた瞬間、眼窩に悦楽の火花が瞬いた。膝が抜けてしまいそうになり、慌てて両手を家庭教師の髪に這わせていく。栗色に染められたショートカットを掻き毟るようにして、快感を伝えていった。

「ンふっ、ぢゅっ、クチュッ、チュプッ、はぅン……」

頬を窄ませた理沙が、上目遣いに健太郎を見上げてきた。その瞳は悩ましく細められ、蠱惑的な光を放っている。

女子大院生が首を前後に振るたびに、ヌメッた舌が縦横無尽に蠢き、亀頭といわず肉竿といわず扱きあげてきていた。また、魅惑的な口唇によるこすりあげがそこにプラスされ、一度はこらえた射精感が急速に迫りあがってきてしまう。

「はぁ、先生、ダメだよ、僕、ほんとに……」

陰嚢がキュンと根本方向に縮こまってくる感触に、健太郎は腰を切なそうに身悶えさせながら、栗色の髪に指を絡めていった。

「ぢゅぽっ、クチュッ、はぅ、チュパッ、ヂュプッ……」

理沙の首の動きが速度をあげてくる。ペニスをこすりあげる粘ついた淫音がさらに大きくなり、断続的にペニスを襲う痙攣間隔が短くなっていく。

(ダメだ、もう……。理沙先生の言う通り、本番はこのあとなんだから、我慢しないで出しても、いいんだよな。今日はいつもみたいに、これで終わりじゃないんだから)

メインイベントは、あくまでも可愛いお姉さんの身体で筆おろしをしてもらうことであり、フェラチオはその前座にすぎないことに、改めて思いが至る。

「くっ、ほぅ、い、いいんだね、出して。理沙先生の口に、僕ぅぅ……」

かすれた声で問いかけた健太郎に、理沙が瞳で優しく頷いてくれた。

「ああ、出すよ、先生。理沙先生の口に、僕、あっ、出る、出ッるぅぅぅぅ……」

ビクンと大きく肉竿が跳ねた直後、猛烈な速度でマグマが輸精管を駆けあがってきた。亀頭が一層の膨張を果たし、次の瞬間、煮えたぎった欲望のエキスが家庭教師の口腔内で炸裂していく。

「ングッ！　ふぅん、はぅ、うぅん……」

理沙の瞳が大きく見開かれ、苦しげなうめきがこぼれ落ちてくる。それでも、ペニスを吐き出そうとはせず、脈動が治まるまで口腔内に迎え入れたままにしてくれていた。それどころか、尖らせた舌先が亀頭裏の窪みをマッサージするように蠢き、さらなる射精を助長してきている。

「はぁ、先生、理沙、先生……」

恍惚とした呟きを漏らした健太郎は、喉を小さく鳴らしながら、放出した精液を嚥下してくれている理沙を、陶然とした眼差しで見下ろしていくのであった。


―2―

「ふぅ、チュプッ、はぁ……。コクッ、あぁ、いっぱい出たわね。気持ちよかった?」

十回以上の脈動ののち、ようやくおとなしくなったペニスを口腔内から解放した理沙は、濡れた瞳で教え子の少年を見上げた。喉の奥には、濃厚な精液の残滓がこびりつき、声がかすれてしまいそうになっている。

「は、はい。すっごく、よかったです」

「うふっ、よかった。これで少しは、楽しめる時間が長くなったと思うわよ」

艶然と微笑むと、唾液と粘液に濡れながらも、依然として天を衝く勢いを維持しつづけているペニスを、指でピンと弾いてやった。それからゆっくりと立ちあがり、射精の余韻に浸っている健太郎と向かい合っていく。

「理沙先生、ぼ、僕」

「分かってるわ。すぐに経験させてあげる。でも健太郎くんは、女のあそこ、見たことあるの?」

「インターネットとかでなら」

「いけない子ね。あぁいうサイトは、十八歳未満は見ちゃダメなんじゃないかしら。でも、まだ実物は見たことないわけよね」

「うん」

（うふっ、可愛い。顔つきは大人っぽくなったけど、初めて会った頃と変わらず初心《うぶ》な感じね）

健太郎と初めて会ったのは五年前。大学入学を機に上京してきたときだ。できたばかりの新築アパートの、中学入学を控えた大家の息子としてであった。その翌年から家庭教師をするようになり、いまでは弟のような存在となっている。

その弟のような健太郎が、義理の母親に女を感じていることは、家庭教師をするようになった直後から気づいていた。

（まぁ、あんな綺麗でスタイルも抜群のお義母さんが側にいたら、そりゃぁ、毎日たまらない気持ちになっちゃうわよね。でも、本当に近親相姦までいったら、それはそれで凄い実例だわ）

弟の願いを叶えてやろうとする姉的な感情と、近親相姦というタブーを観察したい研究者としての思いが、理沙の中で絶妙なバランスを取っていた。

（健太郎くんのことは嫌いじゃないし、弟の筆おろしをしてあげるお姉さんも、悪くないわよね。それに、健太郎くんに黙って怜子さんに連絡すれば、焦燥感に駆られて、さらなる進展が見られるかもしれないし）

「じゃあ、実物、見せてあげるわ。よ～く見て、お勉強するのよ。健太郎くんの大好きなお義母さんも、構造は一緒なんだから」

蠱惑的な眼差しで少年を見つめていた理沙は、そう言うと部屋の中央に置かれていたダブルベッドにあがり、M字型に両脚を開いてやった。

（とうとう教え子に、弟のような健太郎くんに見られちゃうのね、あたしのあそこ）

二十三歳。まだまだうら若き乙女である理沙にしても、羞恥は当然あった。だが、相手は健太郎。可愛い弟のような存在であり、嫌いではない少年である。だからこそ、思いきった提案ができたのだ。

「理沙、先生……」

「さあ、おいで。健太郎くんもベッドにあがってきてちょうだい」

生唾を飲みこんだ健太郎が無言で頷き、緊張した足取りでベッドへとあがりこんできた。そのまま開いた理沙の脚の間に身体を入れるようにしてくる。

（やっぱり、相当緊張してるようね。うふっ、ほんと出会った頃と同じで初心で可愛い。本当なら、いくら格好の研究材料になるとはいっても、身体を許すなんてあり得ないけど、健太郎くんを見ていると、なにかしてあげたいっていう気持ちになっちゃうのよね）

オズオズとしつつも、目だけは爛々と輝かせている少年の態度に、理沙は微笑ましさすら感じていた。子宮の奥が疼き、蜜液がじっとりと滲み出していくのが分かる。

「あぁ、これが、女性の、理沙先生の、あそこ……。ゴクッ、とっても、綺麗です」

「どんな感じで綺麗なの？　ほら、こうすると、もっとよく見えるでしょう」

恥ずかしさがありながらも、つい悪戯心が頭をもたげてきてしまう。両手の人差し指と中指を揃え、スリットの左右に這わせていく。女肉に指が触れた瞬間、ザワッと腰が震えた。ニュチャッと艶めかしく湿った淫唇を、左右に開いて見せてやる。

「あっ、ああ……。ピ、ピンク色してます。少しぽってりした感じのあそこの奥は、えっと、サーモンピンクっていうのかな、すっごく綺麗なピンク色してて、ゴクッ、ヒクヒクとエッチに動いてるよ」

「はぁン、健太郎くん」

(見られてる。健太郎くんに、エッチに濡れたあそこが、視姦されちゃってるよぅ)

教え子の少年が発した言葉に、理沙の快楽中枢が揺らめいた。強制的に左右から淫裂を開いているため、卑猥に蠢く膣襞も蜜液が滲み出してくるさまも、すべてが健太郎の視線に供せられている。その思いが、さらに理沙を高めてきてしまうのだ。

「あっ、なにかが漏れてきたよ。これってもしかして、理沙先生のオマ○コジュース」

「あんッ、そんなエッチな言い方しちゃダメよ。でも、そうよ。健太郎くんのオチンチンをお口で気持ちよくしてあげてるときから、濡れてきちゃってたの。そしていま、健太郎くんに見られて、先生、もっと溢れてきちゃってるのよ」

「ああ、理沙先生。ぁ、あの、触ったりしても、いいですか？」

「うふっ、もちろんよ。お義母さんとエッチするときのために、よ〜く、お勉強してちょうだい」

「は、はい」

上ずった声で返事をしてきた健太郎が、そのままベッドに腹這いになってきた。少年の両手が内腿に這わされ、強制的にさらに両脚が押し広げられてしまう。

「あんッ」

「スベスベしてる。理沙先生の太腿、ピチピチでスベスベでとっても気持ちいい」

「うぅん、ダメ、そんな荒い息、吹きつけられたら、あたし……」

健太郎の荒い鼻息が、淫唇を直撃してきていた。自身の指で秘裂を開いて見せていただけに、柔襞に直接吐息が吹きかかり、肉洞全体がキュンッとなってしまう。

「あっ、また中からトロッとしたのが、流れ出てきたよ」

「健太郎くんが熱い息をかけるからよ。触りたいんじゃないの？　見てるだけでいいの？　触ったり、舐めたりしてくれて、いいのよ」

理沙はスリットを左右から開いていた指を離すと、誘うように腰をもじつかせた。本当は吹きつけられる熱い息がこそばゆく、柔襞がムズムズとしてしまっていたのだ。

「うん、じゃあ、さ、触らせて、もらいます」

股間から顔をあげた健太郎が、震えた声で宣言してきた。真っ赤に染まった教え子の顔を見つめ返し、こっくりと頷いてやる。すると、少年は左の内腿に這わせていた右手を離し、人差し指で淫裂のスリットをそっと撫でつけてきた。

「あぅッ、はンッ」

「す、凄くヌチャヌチャしてる。ああ、これが理沙先生の、女の人のオマ○コ……」

「あんッ、ふぅん、はぁぅン」

控えめながらも、肉厚の淫唇を執拗に撫でつけてくる健太郎の指に、理沙は腰を狂おしげに悶えさせた。一向に刺激を加えてもらえない膣襞が、焦れたようにひくつき、淫蜜をさらに溢れ出させてしまう。

「凄いよ、理沙先生。オマ○コジュースがどんどん湧き出てきてる。あぁ、先生、僕もう、我慢できないよ。ブチュッ」

「きゃぅン、あぁ、け、健太郎、くん」

感に堪えないような声を発した健太郎が、いきなり秘唇に唇を押し当ててきた。指を肉洞に押しこんでくるのではないかと思っていただけに、理沙は完全に虚を衝かれた形だ。そのため、脳天を痺れるような愉悦が襲い、腰が小刻みに震えてしまう。

「チュプッ、チュパッ、はぁ、これが先生のエッチ汁の味。ヂュ、ちゅぅぅぅ……」

いったん顔をあげた健太郎は、蕩けたような表情で理沙の顔を見上げてくると、すぐに股間に顔を戻してきた。今度は舌を突き出し、尖らせた舌先を震わせるようにして淫裂を舐めあげたかと思うと、次の瞬間、いきなり肉洞に突き入れ、強烈な吸引を見舞ってきた。

「はぅン、そんないきなり、だ、ダメ、舌でそんな……」

まったく予測不能な刺激を送りこんでくる少年に、理沙は目を剝いて悶えてしまった。両手を健太郎の髪に這わせ、クチャクチャに掻き毟ってしまう。

「ぷはぁ、理沙先生のオマ○コジュース、ちょっとピリッてして酸っぱいけど、とっても美味しいよ」

「だから、そんな恥ずかしい言い方しないの。もう、いきなり舌を入れてくるんだもん、ビックリしちゃったわ」

「ダメだった？　ごめんなさい」

「あっ、別にダメじゃないの、あたしもとっても気持ちよくなれたし。でも、最初に指でも入れてくるのかもと思ったから、ちょっと意表を突かれちゃっただけ」

「だって僕、我慢できなくって。いまだって、あの、でッ、出ちゃいそうかも」

口の周りを淫蜜まみれにした健太郎は、再び理沙の内腿に両手を這わせると、慈しむようにピチピチとした腿肌を撫でさすりながら、恥ずかしげに顔を上気させてきた。

（うふっ、そうよね、健太郎くんは初めてなんだもの。いままでよく我慢してきたものだわ。あたしもすっかり感じさせてもらったし、そろそろ経験させてあげないと）

「うふふっ、だったら、今日のご褒美の本命、いってみる？」

「う、うん！」

「いいお返事ね。じゃあ、いったん起きあがってちょうだい」

パッと顔を輝かせた健太郎に微笑ましさを感じつつ、理沙は少年を起きあがらせていった。ピクピクッと小刻みな痙攣を起こしているペニスが、再び視界に入ってくる。

（あぁん、すっごい。あんなにベチョベチョな状態だなんて、ほんとに相当な我慢をしていたのね。もう、素直に言えばいいのに）

赤黒く膨張している亀頭は、いまにも大噴火を起こしてしまうのではないかと思えるほどであり、射精感を相当やりすごしたであろうことが窺えた。

「凄いわね、健太郎くん。オチンチン、そんなに苦しそうにしちゃって」

「うん、僕、理沙先生にも少しでも気持ちよくなって欲しくて、それで……」

「我慢してくれたのね。ありがとう。お陰であたしのここも、トロットロになったわ。さあ、いらっしゃい。先生があなたを大人にしてあげる」

興奮に呼吸を荒らげながらも真剣な眼差しを向けてくる教え子に、理沙の胸と子宮が震えてしまった。M字開脚をしたまま、上体をゆっくりとダブルベッドに横たえていくと、健太郎に両手を広げてみせた。

「ああ、理沙先生……」

膝立ちになった健太郎が、蕩けた眼差しを淫裂に向けつつ、にじり寄ってくる。右手で肉竿を握り、下腹部に貼りつきそうな強張りを押しさげるようにしていた。

「さあ、ここよ、先生の手に健太郎くんの逞しいオチンチンを渡してちょうだい。そうすればすぐに、経験させてあげるから」

理沙は右手を股間におろすと、教え子の肉竿に指を巻きつけるようにしていった。

「うはッ、くっ、おぉぉぉ……」

「我慢よ。もう少しの我慢。あぁん、あなたのこれ、とっても熱くて、硬くて、素敵よ。こんな立派なオチンチンで貫かれた、それだけでイッちゃうかもしれないわ」

「せ、先生、そんなこと言われたら僕、もうッ、出ちゃい、そうだよぅ」

絡みつかせた指を焼くほどに熱い硬直に、理沙が悩ましい眼差しを少年に向けると、健太郎が情けない声で訴えてきた。

(嘘、本当にダメなの？　あぁん、童貞くんって考えてた以上に、敏感なのかも)

「すぐだから、ねッ。もうちょっとの我慢よ、さあ、腰をゆっくりと出してきて」

教え子が必死に射精感をこらえているのが伝わってくるだけに、理沙も軽い焦りを覚えはじめていた。それでも健太郎を安心させるように囁くと、パンパンに張り詰めている亀頭の切っ先を、淫蜜を溢れさせている秘唇へと引き寄せていった。

「うはッ、せん、せぃ」

「ぅん、熱いわ。本当に、健太郎くんのオチンチン、焼けるように熱い」

ンチュッ。湿った音をともなって、亀頭の先端がスリットに触れた瞬間、健太郎の腰がビクッと震えた。その動きで亀頭が淫唇を撫であげる格好となり、理沙も甘いうめきを漏らしてしまう。

背筋を疼かせる愉悦に快楽中枢を揺さぶられつつも、理沙はしっかりとペニスを肉洞の入口へと導いていった。やがて、膣口へと亀頭先端の照準を合わせていく。

「ここよ。そのまま腰を突き出してくれれば、あたしの膣中に、入ってこられるわ」

「は、はい。じゃあ、いきます」

上ずった声で返事をしてきた健太郎が、グイッと腰を突き出してくる。ンヂュッとくぐもった音を立て、童貞少年のペニスが、女子大院生の蜜壺に沈みこんでいく。

「ぐはッ、しゅご、ィ……。チンチンが、僕のチンチンが締めつけられて、溶けちゃいそうだよ」

「ンはっ、あッ、くぅン、あぁ、あなたのも凄いわよ。あんッ、健太郎くんの逞しいのが、あたしの襞を、抉ってきてるぅぅ」

健太郎が快感に顔を歪めながら悦びの言葉を発したのと同時に、理沙も淫悦に身を焦がした喘ぎを漏らしていた。牡の本能がそうさせるのか、健太郎の腰が前後に振れはじめたのだ。

驚くほどの硬さと熱さのペニスで、肉洞が大きく押し広げられ、絡みつこうとする柔襞が削り取られていく感触に、理沙は両手でシーツをギュッと掴み、背中を弓反らせてしまった。

（あぁん、高校生の男の子のオチンチンが、こんなに凄いなんて。ご無沙汰だったから、ほんとにこれだけで軽くイッちゃいそうだわ）

— 3 —

「ああ、先生、理沙、先生……」

ペニスにまとわりつく膣襞の感触に、健太郎は白目を剝きそうになっていた。腰が自然と前後に動いてしまい、キュッキュッと締めつけてくる肉洞で硬直を扱きあげていると、それまで感じたことのない強烈な射精感が押し寄せてくる。

（これが、セックス、なんだ。僕はもう童貞じゃないんだ。想像していたよりも、ずっと気持ちがいい……）

腰を振るごとに、お椀形の乳房がぷるんぷるんと弾むように揺れ動き、目からも快感が伝えられてきていた。

「あふッ、くぅン、とっても上手よ、健太郎くん。あたしの膣中は、気持ちいい？」

「はい、とっても、気持ちいいです。チンチン、ほんとに溶けちゃいそうです。これがセックス、なんですね」

熱くぬかるんだ蜜壺内をペニスが往復するたびに、クチュッ、グチョッと卑猥な攪拌音が沸き立ち、硬直の内側から蕩けるような愉悦が迫りあがってきている。本当に肉洞内で、強張りが溶解されてしまうのではないかと思えるほどの気持ちよさだ。

「はあン、そうよ、これがセックスよ。でも、こんなものじゃないわよ。ほら、お留守になっている両手で、オッパイでも太腿でも好きなところを触ってちょうだい。そうすれば、もっと気持ちよくなれるわよ」

艶めかしく頬を上気させ、魅力的な朱唇から甘い吐息を漏らしつつ、理沙は悩ましく細めた瞳で健太郎の顔を真っ直ぐに見つめてきていた。さらには、スラッとした両脚を跳ねあげ、ピチピチとした内腿で腰を挟みこんできた。

「うはッ、おっ、せっ、せん、せぃ……」

太腿を腰に巻きつけられたことによって、蜜壺がキュッとその締めつけを強めてくる。ペニスを襲う突然の圧力変化に、健太郎の眼窩には強烈な火花が瞬き、視界が一瞬白く塗りこめられていった。

（凄い。理沙先生のオマ〇コ、さっきまでより、キュッってしてきてる。これじゃあほんとに、すぐ出ちゃいそうだよ）

奥歯を噛み締め、迫りあがってくる射精感をなんとか抑えこみながら、健太郎は右手を女子大院生の乳房へとのばしていった。腰のひと突きごとに、ぷるんと弾む若乳をやんわりと揉みこんでいく。

「あんッ、初めて健太郎くんのに触ってあげた日以来だけど、どう、あたしのオッパイは？　お義母さんみたいに大きくないから、気持ちよくないかしら」

「そんなこと、ないよ。先生のオッパイも大きいと思うもん。それに、ママのよりず

っと弾力があって、すっごく触り心地がいいよ」

陶然としつつ、健太郎は理沙の左胸を捏ねあげていった。柔らかさはあるものの、それ以上の張りによって指が押し返されてくる。

「いいのよ、好きにして。あたしの身体はいま、健太郎くんのモノなんだから。思う存分、楽しんでちょうだい」

「ああ、理沙先生」

(理沙先生の身体が、ぼ、僕のモノ……。このぷるんぷるんしているオッパイも、ピチピチの太腿も、そして、この気持ちがいい、おっ、オマ〇、コ、も全部……)

魅惑の言葉に、健太郎の脳がボンッと小さく爆発した。腰の動きが自然と速まってきてしまう。

グチャッ、ズチョッ、にゅぢゅっ、淫音が大きくなり、ペニスからは絶え間ない快感が送りこまれてくる。沸騰したマグマが噴火に向けての蠢動を開始していた。

何度目とも知れない射精感が頭をもたげてきている。健太郎は肛門を引き締め、吐精を少しでも遅らせようと、右手で乳房を執拗に揉みこみ、左手を腰に巻きつく太腿へと這わせていった。スベスベとした右の外腿を愛おしげに撫でさすっていく。

「はぅン、あぁ、素敵よ、健太郎くん。これなら、お義母さんもきっと満足させてあげられるわよ」

（マっ、ママを⁉　僕がママを満足させるなんて……。ゴクッ）

「キャンッ、信じられないわ。まだ、大きくなるなんて」

理沙の言葉にペニスが敏感な反応をみせてしまっていた。ビクンと胴震いを起こした硬直が、肉襞を押しやるようにさらなる膨張を遂げてしまう。

「先生、僕、もう、出ちゃい、そう」

「いいのよ、出して。初めてなんだから、このままあたしの膣中に、濃いミルクをいっぱい注ぎこんでちょうだい」

「このまま、理沙先生のオマ〇コに出しちゃっても、いいの？」

「そうよ。今日は大丈夫な日だから、遠慮なく出してちょうだい」

普段の快活なお姉さんの顔から、淫欲に蕩けた女の表情を晒した理沙が、下から腰を揺り動かしてきた。硬直を包みこむようにこすりあげてきていた膣襞が、キュィン、キュィンとその蠢きを一層妖しくしてくる。

「おお、先生。理沙、先生！」

（なにこれ、すっごい。理沙先生のオマ〇コが、一層エッチに……。はぁ、信じられないよ。まさか、理沙先生のほうから腰を振って、くれる、なんてぇぇぇ。それにまさか、オマ○コへの射精をおねだりされるなんて、ほんとに、もう……）

積極的になった女子大院生の腰の動きと、膣内射精を許可する言葉が性感をいやが上にも盛りあげてくる。腰骨が蕩けてしまいそうな気持ちよさに、健太郎は我慢の結界を解除することにした。右手で弾力豊かな膨らみを押し潰すようにしつつ、がむしゃらに腰の動きを加速させ、ラストスパートをかけていく。

ぢゅぢゃ、グチュッ。ペニスが淫壺に激しく出し入れされるごとに、潰れた蜜音が絶え間なく撒き散らされ、痺れるような快感が背筋を駆けあがりつづける。

「あっ、はぅン、ああ、ケン、太郎、くん。あぁん、ダメ、そんな激しく突かれたら、くぅ、久しぶりなの、エッチするの。だから、あ、あたしも、イッちゃうよぅ」

「イッて、先生。僕と一緒に、ああ、理沙、先生、僕、本当にもう、出すよ、先生のオマ○コの奥に、僕ぅぅぅ」

理沙の艶めかしいセリフが、健太郎の燃えさかる快感にさらなる油を注ぎこんでくる。眼窩ではピンクの火花がバチバチと大きな瞬きを起こし、陰嚢内を暴れまわっていたマグマが、噴火口を目指して一気に上昇を開始してきた。

「いいわ、来て。健太郎くんのコッテリ濃厚ザーメン、先生の子宮にいっぱい出して」

「ああ、先生、せん、セィっ、くはッ、出るッ。僕、出ちゃう、あっ、あぁぁぁッ！」

その瞬間は実に呆気なく訪れた。ビクンと一際大きくペニスが跳ねあがった直後、破裂寸前の風船のようにパンパンに張り詰めていた亀頭がさらに膨張し、刹那、一気に駆けあがってきた白濁液が迸り出たのである。

ドピュッ、ズピャッ、ドクン、どぴゅぴゅ、ドク、ドク、ずっぴゅん……。

「はぅン、分かるわ、健太郎くんの熱いのが、あたしの子宮に……。あぁん、ダメよ、あっ、あたしも、ッちゃぅ、はぁ、ッくん、イッぐぅぅ～～～ンッ！」

「うほッ、締まる。先生のあそこが、グッ、あぁ、僕もまだ、おぉ、搾られるぅぅぅ」

健太郎の精液が子宮を叩く感触に、どうやら理沙も絶頂に達したようであった。蜜壺の入口がキュッと締めつけを強め、肉洞全体も収縮したように動くと、射精途上のペニスに絡みつく柔襞が一層強く強張りを扱きあげてきた。

睾丸がいななき、さらなるマグマを供給してしまう。そのため、射精の脈動はその後、十回以上もつづいて、ようやく治まったのであった。

「はぁ、あぁん、ほんとに、すごいっ。こんなにいっぱい、中に出されたの、あたし、初めてよ。どう、初めてのセックスは、気持ちよかった？」

「はぁ、はい、最高、でした。こんなに気持ちがいいなんて、思ってなかったから。あぁ、ありがとう、先生」

悩ましく顔を上気させた理沙の言葉に、健太郎は絶頂の余韻と興奮を引きずった顔で激しく首肯を繰り返した。そのまま、女子大院生の半開きの朱唇に唇を重ね合わせていこうとする。

「あぁん、ダメよ」

理沙が顔を横に向けるようにして、口づけを拒絶してきた。

「どうして」

「キスはほんとに好きな人としなさい」

「僕、理沙先生のこと、好きだよ。先生は僕のこと、やっぱり嫌いなの？」

「バカね、あたしだって健太郎くんは好きよ。じゃなかったら、セックスなんてさせてあげるわけ、ないでしょう」

「だったら」

「健太郎くんの一番はお義母さんでしょう？　あたしはそのための手助けをしているのよ。だから、お義母さんとちゃんとセックスができるようになったそのときは、好きなだけ、この唇もあげるわ。だから、勇気を持ってトライしてみなさい」

悩ましさの中に、姉のような優しさを滲ませた微笑みを向けてきた理沙が、いきなり健太郎の首に両手をまわしてきた。そのままグイッと抱き寄せるようにしてくる。

「うわッ」

「キスはダメだけど、こっちの面倒は、もう少しみてあげられるわよ。どうする？」

腰に巻きつけたままの太腿にさらなる力を加え、小刻みに下から腰を突きあげてきた。射精直後にもかかわらず、いまだ肉洞内で硬度を保っていたペニスが、若い膣襞でこすりあげられてくる。

「くほっ、あぁ、そんな、出したばっかりだから、僕、すっごく、敏感に……」

突然の刺激に突き抜ける愉悦が襲い、ペニスが大きく跳ねあがってしまう。

「ほら、いいのよ、動いて。成績があがったご褒美なんだから、思う存分、先生の膣中、堪能してちょうだい」

「ああ、先生、理沙、先生……」

小刻みに腰を揺すってくる女家庭教師に、健太郎は奥歯を噛み締めつつ、ゆっくりと腰を振りはじめるのであった。

「どうだった、初めて女をモノにした感想は？」

ラブホテルを出たところで、理沙がからかうような視線を向けてきた。

「モノにしただなんてそんな……。いままで経験したことがないくらいに気持ちよくって、感動しました。ほんとに、ありがとうございました」

あのあと、さらに二度、女子大院生の子宮に向かって射精をさせてもらい、健太郎は悟りを開いた修行僧のように、スッキリとした顔を家庭教師に向けると、ペコリと頭をさげた。

「よかったわ。じゃあ、これからもお勉強、頑張ってね。もちろん、今日も」

「はい、もちろん」

「あと、お義母さんのこともよ。ちゃんと想いを伝えなさい。少しは自信、ついたんでしょう？」

「でも、それはまだ、ちょっと……」

「拒否されたらって思うと、怖いのね？」

新宿駅へと歩を進めながらの会話に、健太郎は小さく頷いた。理沙との経験でセックスの素晴らしさの一端は垣間見たし、怜子を抱きたいという想いがさらに強くなっていた。しかし、いまだ告白する勇気を得るには至っていなかったのだ。

「そっか、じゃあ、もう少し時間をかけていこうね」

「ごめんなさい。せっかく、理沙先生が身体を張ってくれたのに」

「バカね、いいのよ、そんなことは。あたしも久しぶりで、すっごく気持ちよかったんだから」

　普段の快活で親しみやすいお姉さんの表情に戻っている理沙の笑顔に、健太郎は胸に優しい温かさが広がっていくのを感じていた。

　しかし、このとき健太郎は気づいていなかった。ホテルを出たところからずっと、二人のあとを尾《つ》けている人物がいることを……。


― 4 ―


「ただいま」

　午後十一時少し前、文化祭まであと二週間を切り、その準備で忙しく動いているうちに帰宅が遅くなってしまった怜子は、玄関扉を開けると疲れた声を出した。するとすぐ、奥のリビングの扉が開けられ、健太郎が出迎えてきた。

「お帰り、ママ」

「ただいま。ごめんなさいね、今日も夕ご飯、作ってあげられなかったわ」

「いいよ、そんなこと。文化祭の準備で忙しいの分かってるし。あんまり無理しすぎないでよ」

　玄関からリビングへと移動しつつ、義理の息子はウットリとした表情で怜子を見つめながら、義母を思いやる言葉をかけてくれた。

(健くんったら、あんなにウットリとした表情しちゃって。でも、もう童貞じゃないのよね。私がなにもしてやれないうちに、理沙さんと……)

健太郎の熱い眼差しを感じながらも、怜子はどことなく喪失感も味わっていた。午後七時前、職員室で進路指導の資料に目を通していたときに、バイブ機能にしていた携帯電話にメール着信があったのだ。それは、息子の家庭教師をお願いしているアパートの住人、西牧理沙からであった。

【健太郎くんの成績、32番あがって、65位になったと連絡がありましたので早速、約束を果たしました。ご報告までに。今日も七時から家庭教師に伺います】

簡潔に用件だけを伝える短い本文。しかし、理沙の言う約束が、セックスを意味することをあらかじめ聞かされていただけに、怜子が受けた衝撃は並大抵のものではなかった。最愛の息子を奪われたような、嫉妬心が胸に去来してきたのだ。

「どうしたの、ママ。大丈夫?」

「えっ、うぅん、なんでもないわ。で、なぁに?」

ダイニングのテーブルの上に置かれたダイレクトメールを見つめたまま、数時間前の衝撃を思い出していた怜子は、健太郎の声で現実へと引き戻された。息子に顔を向

ける と、心配そうな表情とまともに視線がぶつかった。

「いや、たいしたことじゃ、ないんだけど、中間テストの結果が出たから」

見ると健太郎の右手には、一枚の紙があった。オズオズとそれを差し出してくる。受け取って一瞥すると、まさにそれは理沙からの報告通りのものであった。

「あら、凄い。六十五位なんて、いままでで最高位じゃないの。頑張ったのね」

あたかも初見であるかのように驚きの表情を浮かべてやる。すると、健太郎はハニカミながらこくんと頷いてきた。それが再び、息子の童貞を理沙に奪われた複雑な感情を呼び覚まさせる。

「なにかご褒美をあげなくちゃいけないわね。欲しいものはある？　ママにあげられるものなら、なんでも健くんの望みのものをあげるわ」

（私ったらなにを……。これじゃまるで、「ママが欲しい」って言われるのを期待してるみたいじゃない）

理沙への対抗心から発せられた言葉に、怜子は頬がカッと熱くなるのを感じた。

「そっ、そんな、ご褒美なんていいよ。それより、ママのほうが疲れてるだろうし、肩でも揉もうか？」

（そっか、健くんは私が理沙さんとのこと知ってるとは思ってないのよね。ふぅ、でもよかった。思わず言っちゃったけど、もし本当に身体を求められたら、戸惑っちゃったわね、きっと。一回エッチをしたくらいじゃ、急には変わらないってことね。それとも、理沙さんと経験して、私のことも卒業しちゃったのかしら）

「そうね、少し肩も凝っちゃってるし、お風呂から出たら、お願いしようかしら」

残念なような、しかしホッとしたような、そしてどこか不安な、複雑な感覚を味わいつつ、怜子は息子に微笑みかけてやった。

「うん」

義母の答えに、健太郎の顔には一気に赤みが差していく。

（セックスを経験してもなお、この子は私を……。だったら、私がもう少しサービスをしてあげたほうがいいわね）

息子の表情が、いまだに義母を欲していることを痛いほどに伝えてきている。それが分かってしまっただけに、怜子の背筋には背徳的な愉悦が駆けあがっていった。

二十三歳の若々しい肉体で女の味を知ったいまでも、健太郎は三十二歳の熟れた身体を欲してくれている。それが、とてつもなく嬉しかったのだ。

「ふふっ、じゃあ、お風呂、入ってくるわね」

艶っぽい眼差しで息子を見つめた怜子は、そう言うとリビングを出たのであった。

自室に鞄を置き、ジャケットとスカートを脱いだ怜子は、着替えを手にすると脱衣所へと入っていった。扉の正面に洗面台が設置され、その左横に洗濯機。洗濯機と洗面台の間にはフリーラックが置かれていた。浴室は洗濯機のさらに左側である。

脱衣所に入った怜子は、扉を完全には閉めず、少しだけ覗ける隙間を残したままにした。廊下の気配に耳をそばだてながら、フリーラックの上に持ってきた着替えを置く。

（あぁん、健くん。やっぱり来たのね）

横目で洗面台の鏡を窺うと、健太郎が廊下にしゃがみこんだ体勢でこちらを覗いているのが分かった。その姿を視線が捉えただけで、下腹部には鈍痛が襲いかかる。

理沙が怜子を訪ねてきた日以降、息子に対しての隙を大きくしていた。酔った振りをして着替えを手伝わせることは、さすがにあの一件以降避けるようにはしてきたが、自室や脱衣所の扉を完全に閉めずに着替えをすることが多くなっていたのだ。

（そんなにママが欲しいの？　だったらさっき、素直に言ってくれればよかったのに）

心の中で健太郎に甘く囁きつつ、怜子はブラウスのボタンを外しあっさりと脱ぎ去った。これでもう、ブラジャーとパンティ、そしてパンティストッキングだけである。

今日の下着はサックスブルーであり、ブラジャーのカップ上部には黒いレースの刺繍が施されていた。肩紐はレースと同じ黒であり、左右のカップの間にはサックスブルーのリボンがアクセントとして取りつけられている。パンティもペアとなったもので、前面上部にはやはり黒レースの刺繍があった。さらに、サイド部分は二本の黒い紐がクロスするような形となっていた。

（どう、健くん、今日のママの下着は？　ちょっとセクシーな感じでしょう。このパンティも、あとで悪戯されちゃうのかしらねぇ）

教師という職業柄、それほどお洒落な格好ができないこともあり、下着には凝っていたのだ。そのランジェリーに息子が大量の白濁液を迸らせている事実が、背徳の快感となって全身を駆け巡る。

怜子はストッキングの縁に両手の指をかけると、脱衣所の扉に向かってヒップを突き出すようにしつつ、腰を悩ましく左右に振りながらベージュのパンストを脱ぎ捨てていった。ストッキングの下からは、雪のように白い美脚があらわになる。キュッと締まった足首から、美しいRを描くふくらはぎ、そしてむっちりと脂の乗った太腿。

脱いだストッキングを洗濯ネットに入れてから洗濯機に放りこみ、次いで両手を背中にまわしていった。Hカップの豊乳を支える三段ホックに指をかけ、外していく。

黒いストラップをゆっくりと肩から抜き、完全にブラジャーを外してしまうと、釣り鐘状の膨らみが、悩ましくバウンドするように揺れながら姿をみせた。小さく唾を飲む音が耳に届く。その瞬間、怜子の背筋がゾクッと震えてしまった。

(あぁん、そうだったわ、健くんは私の胸に興味が強いんだった。だからあの日も、この胸に硬くなったのを挟みこんできて……)

双乳の谷間に感じた息子のペニスの感触を思い出すと、それだけで子宮がキュンとしてしまう。背徳の蜜液までもが、滲み出してしまいそうである。

(そうだわ、あとで少しだけ、触らせてあげよう。肩を揉んでくれたお礼と、成績向上のお祝いなら、それくらい、いいわよね)

いかにも柔らかそうに揺れながらも、垂れることなく誇らしげに突き出ている釣鐘状の双乳。淡いピンクの乳暈の中心には、濃いピンク色の乳首が鎮座している。息子を魅了する膨らみを見下ろしつつ、怜子は決意を新たにしていった。

(もう少しだけ待っててね、健くん。ママ、お風呂から出たらあなたに……)

鏡の隅に映る息子の、欲望の中にも憧憬の色が垣間見える瞳を一瞥しつつ、怜子は囁きかけると、薄布の縁に指を引っかけ最後まで残っていた下着を脱いでいった。

外国人モデルのように、ツンと上を向いたボリューム満点のヒップ。そして、その前面には、デルタ形のヘアが美しく繁茂していた。

（困ったものね。いつの間にか、健くんにエッチな目で見つめられることに抵抗感がなくなってしまっているなんて。いつか、この身体のすべてを、健くんに、息子に与える日が本当に来るのかもしれないわね）

洗面所の鏡にわざと全身を映しこみつつ、怜子は義理の息子に裸体を見られる羞恥が、以前よりも薄くなっていることを自覚せざるを得なかった。健太郎と禁断の関係を結ぶ日が来そうな予感に全身を震わせつつ、クルッと向きを変えていく。たわわな膨らみをタップタップと揺らしながら、浴室へと進んでいくのであった。

―5―

「ふぅ、すっきりしたわ」

（ああ、ママ……）

浴室から戻ってきた義母の姿に、健太郎は陶然とした眼差しを向けていた。脱衣所を覗き、怜子の裸を目の当たりにしてからずっと、硬度を維持しつづけているペニスが、ビクッと胴震いを起こしてしまう。

義母はパジャマではなく、光沢のある煽情的な赤のミニスリップと、同色のパンティだけの格好をしていた。ブラジャーをしていないため、スリップの胸元が高々と盛りあがり、乳首の突起らしきものが浮きあがっている。

(ママ、なんて色っぽいんだ！　こんなことならダメもとで、ママとエッチがしたいって、言えばよかった。理沙先生がせっかく女性の身体を教えてくれたのに、僕に勇気がないばっかりに、せっかくのチャンスをフイにしちゃったよ)

「ふふっ、どうしたの、健くん。ママの格好、どこかおかしいかしら？」

「そ、そんなこと、全然、ないよ」

「よかったわ。じゃあ早速、お願いできる？」

義母は優しさの中にも艶っぽさを滲ませた笑みを送ってくると、ダイニングの椅子を一脚引き出し、そこに腰をおろしてきた。

パジャマズボンの前を盛りあげてしまっているペニスを気にかけつつ、健太郎は怜子の後ろに移動していく。美熟母の肩口から前方を窺うと、スリップの襟元から深い谷間が覗けていた。

「じゃ、じゃあ、はじめさせてもらうね」

「ええ、お願い」

小さく唾を飲みこみ、上ずった声を発した健太郎に、怜子は顔を後ろに振り向けると、息子を見上げるようにしてにっこりと微笑みかけてきた。その笑顔に、ドキッとさせられつつ、両手を義母の両肩に載せていく。

湯上がりでほんのりと赤みが差した肌は、驚くほど艶やかで、そしてしっとりとしていた。おまけにドライヤーを使ったのだろうが、まだ少し濡れている髪の毛の悩ましさや、鼻腔をくすぐるボディソープの芳香に陶然とさせられてしまう。

そんな中、手の平から伝わる熟肌の感触にウットリとしつつも、健太郎は両手に力をこめ、見た目以上に華奢な肩を揉みこんでいった。

「うぅん、はぁ、気持ちいいわ、健くん」

聞きようによっては、なんとも悩ましい言葉を紡ぎつつ、怜子が上半身を揺らしてきた。その艶やかな声音だけでも、健太郎の性感は著しく刺激を受け、ブリーフの内側に向かってネットリとした先走り液を漏らしてしまう。

(ああ、ママ、そんなエッチっぽい声出されたら、僕、たまらなくなっちゃうよ)

「ならよかったよ。でも、そんなに酷く凝っている感じはしないね」

心の声を口に出すことはさすがにできず、健太郎はなめらかな艶肌を揉みこみながら、正直な感想を口にしていた。実際、怜子の肩はそれほど凝っているわけではなく、指先に力をこめると、さほど抵抗を受けることなく、指が入っていく感じであった。

「じゃあ、それほどでもなかったのかしらね。でも、結構辛かったのよ」

鼻にかかった美母の声が、性感を揺さぶってくる。

(それはママのオッパイが大きいせいだよ)

酔っている相手にならいざ知らず、素面《しらふ》の義母に対して言うことはできず、健太郎は心の中でそう返すと、再び怜子の肩口から前方を覗きこんでいった。

肩を揉みこむごとに、スリップの襟元が微妙に隙間を大きくし、深い谷間ばかりでなく、乳暈の上部すらも覗けてしまっている。

(すっ、凄い！　触りたい！　ママの大きなオッパイにまた、触ってみたい！)

眠っている義母の身体に悪戯した日の記憶が、鮮明に甦ってくる。柔らかいのに張りも失っていない双乳の感触を思い返し、腰が切なそうにくねってしまった。いきり立った硬直が、再び豊乳に挟ませろとせがむように、小刻みに跳ねあがっていく。

(手がすべったって言って、オッパイに触ったら、ママ、許してくれるかなぁ……)

深い谷間と、垣間見える乳暈に鼻息を荒らげつつ、健太郎は都合のいい言い訳を思い描いた。直後、そんな夢想を打ち破る声が耳に届いてくる。

「どうしたの、健くん。疲れちゃったかしら、さっきから息が荒くなってるわよ」

「えっ、あっ、ああ、大丈夫、だよ」

一瞬にして現実に引き戻された健太郎は、怜子の頭の上から前方に上半身を大きくせり出してしまっていた体勢を、慌てて直立の姿勢に戻していった。

「ふふっ、ならいいけど。ありがとう、楽になったわ」

「う、うん」

本心を言えば、肩を揉むことを口実に、もっと怜子の胸の谷間を見ていたかった。しかし、義母からもういいと言われると、それ以上、触りつづけることもできない。未練を残しつつ、健太郎は美母の肩から両手を離していった。

「本当にありがとう。楽になったわ。はあぁぁ」

椅子から立ちあがった怜子が、肩をまわしながら、にっこりと微笑みかけてきた。

「そう、なら、よかったよ」

健太郎の視線は、義母の美顔からそれ、つい胸元へと行ってしまう。というのも、肩をまわすたびに、スリップ越しの膨らみも、ぶるんぶるん、と悩ましく揺れ動き、性感をくすぐってきていたのだ。変に思われない程度に腰を引き気味にし、勃起の存在を熟母から隠していく。

「はい、これはほんのお礼よ」

知的な瞳を細めた怜子はそう言うと、いきなり健太郎の右手首を掴んできた。

「えっ、ママ？」

「うふふっ」

驚く息子を悪戯っぽく見つめたまま、義母は掴んだ右手をそのままスリップを突きあげる膨らみへと導いてくる。

「えっ？　あっ、あぁぁ……」

なめらかなスリップの生地越しに感じる確かな存在感に、健太郎は感動の喘ぎを漏らしてしまった。

（こ、これって、ママのオッパイ！　ママが僕の手をオッパイに……。あぁ、なんて大きくって、柔らかいんだろう）

いきなりの僥倖に思考が一瞬にしてピンク色に染まってしまう。無意識のうちに、たわわな膨らみを揉みこんでしまっていた。

「あんッ」

「あっ、ごめん」

悩ましい喘ぎに、慌てて膨らみから右手を離していく。手の平全体にじんわりと、温かく柔らかく、そして張りに満ちた魅惑の豊乳の感触が、ありありと残っていた。

「いいのよ、触って。肩を揉んでくれたお礼と、成績向上のご褒美なんだから」

「でも、ど、どうして、急に、こんな……」

それまで見たことのない、悩ましい表情を浮かべた義母に戸惑いを覚えつつ、健太郎は問いかけていった。本音では、すぐにでも憧れの豊乳を揉みしだきたかったが、それ以上に熟母の本心が気になっていた。

「だって、健くん、ママのオッパイが気になるんでしょう？　いっつも、オッパイばっかり見てるじゃない」

「えっ⁉　いや、あの、そ、そんなこと、は……。ご、ごめんなさい」

思いがけない言葉に、テンパってしまいそうになる。否定の言葉を並べようとしたが、結局はガックリと肩を落とし謝っていた。

「謝る必要なんてないのよ。お礼とご褒美って言ってるじゃない。いいのよ、触って」

「ママ」

「さあ、今日は特別。ねッ」

そう言うと再び、義母は健太郎の右手を掴み、迷いなく左乳房へといざなってくれた。手の平には得も言われぬ柔らかさと弾力が、瞬く間に広がっていく。

「本当に、いいの？」

「ええ、もちろん」

「ああ、ママ、ママぁぁぁ……」

怜子の頷きに、健太郎は我慢していた想いをぶつけるように、膨らみを捏ねまわしていった。鼻息荒く乳房を揉みこんでいくと、スベスベとした生地の向こう側で、とてつもないボリュームの柔肉が艶めかしくひしゃげていく。

「あんッ、はぁ、うぅん、右手だけじゃなく、左手も使ってくれて、いいのよ」

ふっくらとした朱唇を悩ましく開いた義母が、誘うような眼差しで囁きかけてきた。

言葉を返す余裕もなく、健太郎は無言のまま頷くと、早速左手を右乳房へとのばしていった。到底、手の平には収まりきらない豊乳を、真正面から鷲掴みにしていく。なめらかなスリップ越しに、乳首と思しきものが手の平に押し当たってきている。

(これだ！　僕が欲しかったオッパイはこれなんだ。ママのこの、大きくて、柔らかくて、それでいて確かな弾力も感じられる、このオッパイがずっと欲しかったんだ)

ペニスを蜜壺に突き入れながら触った理沙の、お椀形に実った美しい乳房も確かに気持ちがいいものであった。手の平で覆うと、少しはみ出してしまう大きさもよく、その弾力は怜子のものよりも数倍強い。だが、健太郎にとってはこの、いま触らせてもらえている豊乳こそが、憧れの膨らみであったのだ。

「はぅン、そんな真剣に揉みもみして、そんなにママのオッパイ、気持ちいい？」

「うん、もう、最高だよ。僕、前からずっと、ママのオッパイに触ってみたいって思ってたんだ。だから、その夢が叶って、こんなに嬉しいことはないよ」

健太郎は恍惚とした顔を義母に向けた。手の平にありあまる乳肉の感触に、ペニスが小刻みに震えあがり、このままなにもしなくてもブリーフの内側に欲望のエキスを迸らせてしまいそうだ。

「うふふっ、そんなに喜んでもらえるなんて、ママも嬉しいわ」

腰骨を蕩けさせるほどの怜子の笑顔に、健太郎は魂を抜かれてしまいそうであった。

そんな息子を驚愕させる事態が、このあとすぐに訪れた。義母の右手が、パジャマズボンを盛りあげている硬直に、なんの前触れもなくのばされてきたのだ。

「ぐふぁッ、あぅ、あっ、ああ、マ、マぁ……」

「あぁん、凄い。こんなに大きく、硬くしちゃってるなんて」

「だ、ダメ、だよ。そんなふうにこすられたら、ぼっ、僕ぅぅ……」

ズボン越しに優しく上下にこすられたペニスからの快感に、健太郎は奥歯を噛み締め、押し殺した声を発した。頭の片隅では、両手で揉んでいる乳房から手を離し、距離を取るのがベストだと認識しつつも、義母公認で触れている憧れの豊乳から手を離す決断がなかなかできなかった。

「逞しいわ。まさか、健くんのオチンチンが、こんなに大きかったなんて、ママ知らなかった。いつも、ママのオッパイ眺めながら、こんなふうにしちゃってたのね」

「ごめん、なさい。くはぅ、いけないことだって分かってるけど、ママ、すっごく綺麗で、プロポーションも抜群だから、僕……」

「いいのよ、謝らないで。ママこそ、あなたの気持ちに気づいてあげられなくて、ごめんなさいね。だから、そのお詫びもこめて今日は特別にママが」

直後、義母の手がより強く強張りに押し当てられ、手の平全体を使って扱きあげが強化されてきた。

「えっ！ もっ、もしかして、このままママが僕のを……」

怜子の思いがけない一言に、健太郎の総身に悦びの震えが走り抜けていった。

(信じられない。ママが僕のチンチンを気持ちよくしてくれる日がくるなんて……。きっとこれも理沙先生のお陰だ。先生が毎回、手や口を使って気持ちよくしてくれたから、だから成績があがって)

家庭教師に来るたびに、手淫や口唇愛撫をしてくれた女子大院生への感謝が胸に湧きあがってくる。おまけに理沙は今日、約束通り、初体験までさせてくれたのだ。ラブホテルで、合計四度の射精を経験していなければ、義母に触られた瞬間に暴発してしまっていた危険性すらある。

「うぅん、ほんとに凄く立派なのね。直接触っても、いいかしら？」

「えっ、直接⁉　ママが、直接、ぼっ、僕のを触ってくれるの？」

「ええ、そうよ。いいかしら」

「もちろんだよ。ああ、信じられない。ママが僕のを直接……」

健太郎が蕩けそうな表情で頷くと、艶笑を浮かべた義母の右手がいったん強張りから離された。

「オッパイから手、離したほうがいい？」

両手いっぱいに感じられる柔らかな乳肉を、愛しげに揉みこみつつ尋ねた。

「いいえ、大丈夫。そのままでいいわよ。ふふっ、それにしても健くんって、ほんとにオッパイが好きだったのね。さっきからずっと、揉みもみしっぱなしじゃない」

「うん、ずっと憧れてたんだ。ママが、僕のママになってくれた日からずっと。大きなママのオッパイに甘えたいって、ずっと思ってたんだよ」

「あぁん、健くんったら。いいのよ、甘えて。ママのオッパイでよかったら、好きなだけ甘えてちょうだい」

クスッと小さく微笑んだ義母は、息子に乳房を与えつづけながら、両手の指先をパジャマのズボンとその下のブリーフの縁に引っかけてきた。

「ああ、ママ、好きだよ、ママ」

悩ましくも魅力的な怜子の言葉に、背筋に断続的な震えを駆けあがらせつつ、健太郎はスリップ越しにたわわな実りを堪能していった。右手は時計回り、左手は反時計回りに、円を描くように熟乳を捏ねていく。

手の平をいっぱいに広げても覆いきれないボリュームを誇る乳房の柔らかさと、手の平に感じられる乳首の突起。そのコントラストが、快感を増幅していく。直接の刺激が消えたペニスは断続的に跳ねあがり、沸騰したマグマが着実に上昇してきていた。

「はぅン、ママも、あなたが、健くんのことが大好きよ」

悩ましく眉間に皺を寄せた怜子が、熱い吐息混じりに囁きかけてくれた。そして次の瞬間、ズボンとブリーフの腰ゴムが手前に引かれてくる。開いた隙間からは、ツンと鼻を衝く精臭が広がり、自身の欲望臭に健太郎も背筋を震わせてしまった。

知的な瞳を蕩けさせた義母が、そのままズボンとブリーフを引きおろしてきた。ぶんっ、と唸りを立てながら硬直が飛び出してくる。

「あぁん、すっごい。ほんとに大きいわ、健くんのオチンチン」

「マっ、ママ……」

(見られてる。ママに僕の硬くなったチンチンを、見られてるんだ)

「ズボンをおろすためにしゃがむけど、手はオッパイに置いていていいからね」

濡れた瞳で真っ直ぐに見つめてきた怜子はそう言うと、その場に膝をつく姿勢となった。豊乳が下にさがるのに合わせて、健太郎の両手も下におりていく。途中逆手にするためにいったん膨らみから手を離したものの、すぐに双乳に戻していった。

その間に義母は、ズボンとブリーフを足首のところまでずりさげてきた。足踏みをするようにして脱ぎ捨てていく。これで健太郎は、パジャマの上衣だけの格好である。

「ほんとに逞しくって、立派よ、健くん」

膝立ちになったままの美母が、艶めいた媚顔を向けながら囁いてきた。そのあまりの悩ましさに、ゾクッとさざなみが腰を襲う。先走り液が、ネットリと鈴口から滲み出し、亀頭裏を通って肉竿方向へと垂れ落ちていく。

「ああ、ママ、僕、もう、出ちゃいそうだよ」

「うふふっ、分かったわ。じゃあ、早速ママが気持ちよくしてあげる。我慢しないで、出していいからね」

隆々と天を衝く強張りに、義母の白魚のようなしなやかな細指が巻きついてきた。瞬間、健太郎の脳天に、鋭い愉悦が突き抜けていった。

「ぐほッ、あう、あっ、あぁぁ……」

腰が歓喜に震え、張り詰めた亀頭をさらに膨張させていく。粘度を増した先走り液が鈴口からピュッと飛び散り、赤いスリップの襟元にシミを作ってしまった。

「はぁぁ、すっごく硬くて、熱いわ。こんなにオチンチン、ベチョベチョにしちゃって、どう健くん、気持ちいいかしら？」

悩ましく潤んだ瞳で見上げつつ、美母が右手のスナップを利かせてくる。クチュッ、ジュチュッと粘ついた淫音が、瞬く間に沸き起こった。

「うん、さっ、最高。ああ、ママ、ダメだ、僕、すぐにでも出ちゃい、そうだよ」

（ママが僕のを握ってくれてるなんて……。ああ、理沙先生との初体験に負けないくらいに、気持ち、いぃいいぃい）

特別、技巧を凝らした扱きあげを見舞われているわけではない。シンプルに肉竿を握り、上下にこすりあげられているだけである。それなのに、相手が最愛の義母であるからか、健太郎の全身を襲う快感は半端ではなかった。一瞬でも気を抜けば、その瞬間に白濁液が噴きあがってしまうのは確実だ。

射精感を紛らわせるため、逆手で揉んでいた双乳をグッと鷲掴みにしてしまった。スリップ越しの乳首の感触が、より一層手の平に感じられる。同時に、大きすぎ、そして柔らかすぎる膨らみが指の間からこぼれ落ちていく。

「あんッ、ダメよ、そんな強く、もっと優しく触ってくれなくちゃ」

「ごめん、ママ。だけど、ぼ、僕……」

「出ちゃいそうなのね。いいのよ、我慢しないで。ママのお手々で出してちょうだい」

切なそうに眉根を寄せた怜子が、手淫速度を速めてきた。グチュッ、ニュヂュッと湿った摩擦音が大きくなっていく。そればかりか、義母は空いていた左手をパンパンの膨らんだ亀頭に這わせると、フェザータッチで鈴口周辺を撫でつけてきたのだ。

「ぐゥぁッ、あぅ、ああ、ママ、ダメ、僕、出る、でッ、出ちゃうぅぅぅぅッ！」

痛みを覚えるほどの閃光が眼窩に走り、直後、睾丸が根本に体当たりをするほどの勢いで突きあがってきた。刹那、沸騰したマグマが一気に駆けあがった。逆手で押し潰すように揉んでいた双乳に、さらに指先が沈みこんでいってしまう。

ドクン、どぴゅん、ズピュッ、ドピュピュ……。

「キャンッ、あんッ、あっ、あっつぃ」

迸り出た白濁液が、怜子の美貌を直撃していた。通った鼻筋や、ふっくらとした朱唇に白いマグマが浴びせかけられていく。

「あっ！　ママ、ごめん、お風呂、出たばっかりのに。でも、僕、止まらないようぅ」

その光景に、健太郎の性感はさらなる悦びを感じ、留まることをしらない脈動が繰り返されていった。

「いいのよ。ぅん、またシャワーを浴びればいいだけなんだから。だから、溜まっているもの全部、出してくれていいからね」

「おぉ、ママ、ママぁぁぁぁ……」

美しすぎる義母の顔が精液まみれになっていく様子は、凄艶そのものであった。ドロッとしたゲル状の物体が、美しい鼻の頭や顎先から滴り落ち、煽情的な赤のスリップに白い花を咲かせている光景も、背徳的な欲望を刺激してやまない。

「はぁん、すっごくいっぱい出たわね。そんなによかった、ママのシコシコ」

知的な瞳を淫靡に蕩かせた怜子の微笑みに、健太郎の背筋はブルッと震えた。その媚笑が決定打となったかのように膝から力が抜け、崩れ落ちるように床にへたりこんでいってしまった。

(凄い！　ママにしてもらうのが、こんなに気持ちがいいなんて。本当に、理沙先生とのエッチに負けないくらいに気持ちよかった)

「はぁ、ハア、あぁ、ママ……」

激しい射精の脱力感で、義母の問いかけに答える気力すら奪われていた。ただ荒い呼吸を繰り返しつつ、健太郎は陶然とした表情で怜子を見つめていくのであった。

第三章　熟女教師と疑似相姦

—1—

「若宮くん、ちょっと」

月曜日の昼休み、友人と学食に向かおうとしていた健太郎は、突然、担任教師の冴《さえ》島《じま》敦子《あつこ》に呼び止められた。友人にはさきに行ってもらい、足を止める。

「なんですか、冴島先生」

「今日はアルバイトの日かしら？」

「はっ？　違いますけど。今日は家庭教師の先生が来るので」

訝しげに首を傾げながら答えた。公立高校でバイトが禁止されていないことから、健太郎は週に三回、近所のコンビニでアルバイトをしていたのだ。

「そう、西牧さんに勉強を見てもらう日なのね。家庭教師って夜でしょう」

「はい、午後七時からですけど……。あの、先生、なにか？」

健太郎は担任教師に呼び止められた理由が、ますます分からなくなった。

敦子は義母の怜子よりも、顎先がややシャープなうりざね顔をした三十七歳。少し釣りあがり気味の目に、通った鼻筋、肉厚の朱唇をしている。いつも黒縁のメガネをかけ、無造作に黒髪を束ねていた。服装も身体の線が出ないワンピースや、堅苦しい白いブラウスに踝まであるロングスカートが多く、現在も同じような格好だ。

（同じ教師でも、ママと比べると、えらい違いだよなぁ）

同じ高校教師をしている義母と比べると、いかにも地味で野暮ったい。おまけに、少しあがった目と黒縁メガネが、そこに冷たい印象すら与えてしまっている。そんな敦子がバツイチであり、離れて暮らす中学生の息子がいることを健太郎は知っていた。

というのも、敦子の住まいは健太郎の家のアパートなのだ。三〇三号室の住人であるため、理沙のことも知っていたのである。だが、それといま話しかけられていることとの関連性はまったく見えてこない。

「私が今日の午後お休みをいただいているのは知っているでしょう？　悪いんだけど、放課後、家に来てくれないかしら」

「はっ？」

突然、声を低めて囁きかけてきた女教師に、間の抜けた声を発してしまう。敦子がこの日の午後、半休であることは朝のホームルームで知らされていた。しかし、放課後、家に来いという内容には納得しかねる。いくら同じ建物とはいえ、いままで一度も訪問したことがないのだ。

「ここではちょっと、困る話なのよ。若宮くんにとっては特にね」

「僕にとっては、ですか？」

「そうよ、だから、絶対に来てちょうだい。待ってるから」

それだけ言うと敦子は、健太郎の横をすり抜けるようにして遠ざかっていった。

（一体、なんなんだよ。僕にとって困る話って……）

担任教師の真意が皆目理解できないまま、健太郎は敦子を見送ったのであった。


午後四時すぎ、自宅に戻った健太郎は鞄を置くとすぐに家を出た。階段で三階へとあがり、三〇三号室のインターホンを押していく。

ピンポ～ン、ピンポッ。

「いま開けるわ」

音が鳴り終わるより先に、敦子の短い応答があった。まるで、応答用ディスプレーの前で待っていたかのような早さである。直後、パタパタと廊下を小走りに進んでくる音が聞こえ、玄関の鍵と扉が開けられた。

「ごめんなさいね、わざわざ」

「いえ、そんな、えっ⁉　あっ、あの、冴島、先、せぃ……」

ペコリと一礼して顔をあげた健太郎は、目の前に立つ担任教師の姿に戸惑いの表情を浮かべてしまった。落ち着きなく目が左右に泳いでしまう。

(これが本当に冴島先生、なのか……)

数時間前、学校で見かけたのとは別人と言ってもいいような冴島敦子が、そこにはいた。無造作に束ねていた黒髪はおろされ、黒縁のメガネも外されている。垢抜けない地味な印象は微塵もなく、どことなく男好きする色気を醸し出していた。

(こんな大胆な格好の冴島先生、初めて見た)

顔から下に視線を落とす。そこには、野暮ったいブラウスもスカートも存在せず、花の絵柄がプリントされたタンクトップに、デニムのミニスカートが存在していた。

タンクトップの下にブラジャーをしていないらしく、砲弾状に突き出た乳房の頂上に鎮座する乳首の突起が浮き出し、ミニスカートからは、ムチムチの太腿が惜しげもなく晒されている。

(冴島先生が、こんなに色っぽくって、凄い身体してたなんて……。オッパイなんてママほどじゃないけど、理沙先生よりは絶対に大きいんじゃないか)

釣り鐘状に実った怜子のHカップには及ばないが、美しいお椀形をした理沙の乳房よりは、大きそうであった。確実に、手の平に収まりきらないボリュームだ。

「んっ？　どうかしたの。さあ、あがってちょうだい」

「えっ、あっ、は、はい」

学校とはあまりに違う敦子に、熱い視線を向けてしまっていた健太郎は、担任教師の言葉で現実に引き戻された。

「もう、ほんとにどうしたのよ」

「いや、だって、先生の格好が……」

「格好？……ハッ！　あっ、イヤだわ、私ったら……」

敦子の問いかけに、男好きのする相貌から下にわざとらしく視線を落としてみせると、女教師は靴箱についた姿見に映る自身に目を転じていった。瞬時にして健太郎の言葉の意味が分かったのだろう、顔面が一瞬にして熱を帯びてきている。

「ごめんなさい。驚いたでしょう？　でも、家ではいつもこんな感じなのよ。さあ、今度こそほんとにあがってちょうだい」

「は、はい、じゃあ、お邪魔、します」

（冴島先生、なにか気になることでもあるのかな。いくら家ではいつもこうだって言ったって、僕が来ることは分かってただろうに……）

普段とは違いすぎる雰囲気にいまだ戸惑いは消えないが、それでも引き攣り気味の笑みの敦子に、ぎこちない笑みで返すと玄関内へと足を踏み入れていった。

初めて訪れた担任教師の家に緊張していると、リビングも兼ねたダイニングへと通された。敦子の部屋は2DKタイプであり、玄関からダイニングキッチンへのびる廊下の途中に一部屋、ダイニングキッチンと隣接する形でもう一部屋がある。

勧められるまま、二人用のダイニングテーブルの椅子に座ると、敦子はキッチンへと移動し、マグカップに入れたコーヒーを出してくれた。向かい合うようにして、艶めかしい格好の女教師が座る。

「あ、あの、それで、僕に話っていうのは、なんですか?」

尋ねつつも、健太郎の視線はタンクトップを突きあげる乳房へと向かってしまう。

(ほんとに凄いな。冴島先生がこんな巨乳だなんて、誰も知らないんじゃないか。そもそも、普段の格好からは想像できないくらいに、綺麗で色っぽいし)

「ええ、それなんだけど、その前に一つ約束してくれないかしら。私が家でこんな格好でいるってこと、誰にも言わないで欲しいの」

「えっ、それは、いいですけど……。でも、なんでですか。いつも学校で見る先生より、髪をおろしてメガネを外した先生のほうが、ずっと綺麗なのに」

敦子の言葉に、正直な感想を返してしまう。普段の敦子は、生徒に人気の高い女教師ではない。厳しいが教え方は上手いし、生徒を公平に扱ってくれるので、女子生徒からは慕われているが、男子生徒はそうでもなかった。

あまりに野暮ったく地味な格好は、人を容姿で判断してしまう傾向にある思春期の少年には、魅力的ではなかったのだ。だが、いまの敦子なら、髪をおろしメガネを外しただけで、まるで別人の印象を持つ艶やかな熟女なら、話は別であろう。

(こんな大胆な服は無理でも、ママくらいに落ち着いた格好ならできるだろうしな)

「ありがとう。でも、理由があるのよ」

そう言って担任教師は、なぜ地味な格好を心がけているかを説明してくれた。

敦子が学校で地味な格好をしているのは、初めての赴任先の高校で何人もの生徒から告白されたり、卑猥な内容の手紙を受け取ったりした経験があったからであり、自身の身体から発散される無意識の色気が生徒を惑わせていると考え、いまのスタイルへと落ち着いたのだという。メガネも度の入っていない、伊達メガネだったのだ。

(なるほど、確かに色っぽすぎると、授業に集中できないかもしれないなぁ。告白や手紙か、ママもそういう経験、あるんだろうか)

女教師然とした格好をしているが、怜子のスタイルのよさは服の上からでも窺える。

それに義母は、類い稀な美貌をまったく隠していないのだ。美しさの虜となった生徒から告白されることだって、ないとは言えない。

「どう、約束してくれる」

少し釣りあがり気味ではあるが、艶っぽい瞳で見つめられると、ゾワッとした震えが背筋を走り抜けていった。

「は、はい。分かりました」

「ありがとう。それで、今日来てもらったのは、先週のことを聞きたかったからなの」

「先週のこと？」

いよいよ本題に入ったのだが、健太郎には敦子がなにを言っているのか、まるで理解できなかった。そのためオウム返しに聞き返してしまう。

「先週、あなたと西牧さんが、歌舞伎町のある建物から出て来るのを見てしまったの」

「えっ！　あっ、そ、それは……」

(それって、まさか、あのとき！)

一瞬にして顔面から血の気が引いていくのが分かった。先ほどまで以上に落ち着きがなくなり、視線が上下左右、あらゆるところに飛んでしまっている。

「生徒の恋愛に口を出そうとは思っていないわ。でもね、あのような場所から出て来れているのを見てしまった以上は、きっちりと確かめないと。どうして、家庭教師をしてくれている西牧さんと、ああいう関係になったの？　いつからお付き合いを？」

「いや、あの、それは……」

「別に若宮くんを責めているわけじゃないのよ。でも、高校生が出入りするところとしては、問題があるわね。見かけたのが私だったからよかったけど、もし生活指導の先生や教育委員会の人たちに見つかったら、お義母さんにも迷惑をかけちゃうわよ」

「はい、それは、分かります」

もはや、敦子の姿に気を取られている余裕はなかった。健太郎は顔を青ざめさせたままうつむき、消え入りそうなか細い声で返事をしていく。

「あなたくらいの子が、そういうモノに興味を持つのは当然のことだから、そこに問題はないのよ。ただ、場所は考えないと。西牧さんのお部屋とかじゃダメだったの。それとも、いつもと違う場所を、ということだったのかしら？」

「えっ、それは違う、違うんです」

「なにが違うの？　先生に分かるように説明してちょうだい」

「いや、それは、その……」

敦子の勘違いに思わず否定の言葉を発してしまった健太郎は、女教師からのさらなる質問に、困惑の表情を浮かべた。

(ヤバイな。正直には告白できないし、かといって中途半端なことを言っても、すぐ突っこまれるだろうし、どうしよう……)

「大丈夫よ、秘密は絶対に守るから。安心して、先生を信用して話してちょうだい」

(そうだよな、もし冴島先生がママやほかの人に余計なこと言ったら、僕だって先生の本当の姿を公言すればいいんだし)

敦子の言葉に、健太郎は自分も担任教師の秘密を握っているのだ、ということを思い出していた。さすがにすべてを話すわけにはいかないが、真実を織り交ぜた話はできそうだ。

「分かりました。絶対に誰にも、特に義母には言わないでください」

そう前置きした上で、以前から義母のことが気になっており、その下着を使って自慰をしていたこと。思春期の性を研究している理沙にそれを見破られ、怜子を卒業できるようにとセックスを経験させてもらい、歌舞伎町のラブホテルはそのときに利用したものであることを話した。「怜子を卒業できるように」の部分は嘘であるが、まさか近親相姦を助長するためとはさすがに言えない。

話をしているうちに、健太郎は興奮してきてしまった。ペニスがジーンズの下で苦しげに身じろぎをしている。よく見ると、正面に座る敦子の顔もかすかに上気し、匂い立つようなフェロモンを漂わせているかのようだ。

（本当に学校とは大違いだ。こんなにエッチな感じの先生を見たの、初めてだよ）

「話はだいたい分かったわ。でも、若宮くんもそういうことしてたのね」

「そういうこと？」

学校ではお目にかかれない艶っぽい表情と格好に、健太郎が改めて注目していると、またしても思いがけない言葉を投げかけられた。健太郎は思わず、怪訝な表情をしてしまった。

「お義母さんの下着への悪戯よ」

「あっ、ああ。んっ？　僕『も』？　『も』ってことはほかにも誰かいるんですか？」

怜子の下着のことを出された瞬間、頬に一層の熱が帯びるのを感じた。しかし、すぐに担任教師の言葉に違和感を覚え、言葉尻を捉えた問いを投げかけていった。その瞬間、今度は敦子がハッとしたような表情になった。

「先生？」

「これから話すことは、二人だけの秘密にしてちょうだい。絶対に、他言しないって」

それまでの艶っぽい表情を消し、敦子が苦悩の表情を浮かべ、切迫した声音で哀願してきた。その鬼気迫る迫力に、健太郎はまたしても戸惑ってしまった。

「それは構いませんけど、僕も、ほかの人に言われたらかなり恥ずかしいこと、告白しちゃったわけですし」

「ありがとう。実は、息子なの。週末に泊まりに来る、ひとり息子が、その、なんて言うのかしら……あなたと、同じことを……」

恥ずかしげに口ごもりながら、敦子が消え入りそうな声を発してきた。だが、健太郎は熟女教師が言わんとしたことを、瞬時に理解することができた。

「つまり、先生の息子さんが先生の下着を、ということですか」

バツイチの敦子には、中学三年生になるひとり息子がいることは、健太郎も怜子から聞いて知っていた。どうやら、週末は母親のアパートに泊まりに来ているらしい。

「えっ、ええ、実はそうなの。初めて気づいたのは一年近く前だったわ。拭ってはあったけど、明らかな痕跡を見つけたときは、もう卒倒しちゃいそうだった」

教え子に語るには、あまりに恥ずかしい内容だろうことは、弱々しい声音からも充分に想像できる。だが一方で、語りはじめた敦子の顔は、またしても熱を帯びてきていた。煩悶としているからこそ、その表情は一層の悩ましさに包まれていた。

(分かる。息子さんの気持ち、分かるような気がするよ。学校での冴島先生は、色気とは無縁だけど、いま日の前にいる先生は、とんでもなく色っぽいもん。普段、こっちの先生と接していれば、そりゃあ息子さんだって、変な気持ちになっちゃうよ)

「私も話には聞いていたことがあったし、そっとしておいてあげるほうがいいんだろうと思って、気づかない振りをしているのね。もし、和馬《かずま》、ああ、和馬っていうのが息子の名前なんだけど、に言って、週末しか会えないあの子が来なくなったらと思うと、耐えられないし。でも、最近は身体にまで触ろうとしてくるようになっちゃって。さり気なくなんだけど、本当にどうしたらいいのかと。若宮くんは、どう思う?」

「どうって言われても困りますけど。息子さんの気持ちは、分かる気がします。先生はさっき、家ではいつもそんな感じの格好って言ってましたけど、すっごく色っぽいですもん。週末にしか会えないんなら、なおさら気持ちは募っちゃうと思います」

タンクトップを誇らしげに突きあげる乳房の膨らみに、チラッと視線を向けつつ、健太郎は正直な感想を口にしていた。

「先生が息子さんのことを言ってくれたから、僕もさらに告白しちゃうと、実は僕、一度だけ、義母の身体に触ったことがあるんです」

先週末、初体験をした日の夜に、怜子が施してくれた手淫については、さすがに言えない。そのため、美母が酔って帰ってきた日の一件を告白していった。

「じゃあ、若宮くんは眠っているお義母さんの胸に、硬くなったのを挟んだのね」

「はい」

義母の豊乳にペニスを挟みこんだときの感触が、ありありと脳裏に甦ってきた。指が沈みこんでしまうほど柔らかいのに、その奥には確かな弾力があり、硬直を優しく包みこんでくれたのである。

「ああ、若宮くん」

健太郎の話に敦子も興奮してしまっているのか、男好きのする顔には一層の赤みが差し、肉厚の朱唇から熱い吐息を漏らしはじめていた。それに合わせて、タンクトップ下に隠された、予想外に大きな生乳までもが悩ましく揺れてしまっている。

(先生の顔、ますます色っぽくなって、ヤバイなぁ、我慢できなくなっちゃうよ)

ジーンズとブリーフに押しこめられている勃起ペニスが、小刻みな脈動を切なそうに繰り返しはじめていた。テーブルの下に右手をおろし、担任教師の艶顔を見つめたまま、さり気なく位置の修正を加えていく。

「ねっ、ねぇ、若宮くん。凄く、失礼なお願い、してもいいかしら?」

「えっ、失礼な、お願い、ですか?」

なにか言いづらいことを言おうとしているのは、敦子の視線が宙を彷徨《さまよ》っていることとからも、容易に想像できる。

「ええ、あの、できれば、その、見せて、くれないかしら。あの、若宮くんが、自分でしているところを」

「えっ⁉」

まったく想定外の言葉に、健太郎は目を丸くしてしまった。ポカンと口を開けたまま、信じられないといった表情で敦子を見つめる。

（いきなり、しているところを見せてくれって、それって、先生の前でオナニーしろってことか⁉　冴島先生は一体、なにを考えてるんだ）

「ほんとにごめんなさい。でも、私、知りたいのよ。息子が普段、どんなふうにしているのかってこと。こんなこと、ほかに頼める人もいないし。これもなにかの縁だと思って、お願い、先生を助けるつもりで見せてくれないかしら」

（いつもは厳しい冴島先生が、こんな頼りない顔をするなんて……。それだけ息子さんのことを気にしてるってことか。だったらここは、母親に女を感じてしまっている同士として、息子さんのために一肌脱いでもいいよね）

女教師を母に持ち、その母親の艶っぽさにたまらなくなっている、という共通点が健太郎と敦子の息子にはある。和馬に会ったことはないが、ここは同好の士として協力すべきなのではないか、という思いが徐々に強くなってきていた。

（それに、僕だって我慢できなくなってきてるんだし、先生に硬くしたのを見せるのは恥ずかしいけど、それで楽になるのなら……）

「分かりました。息子さんの気持ちは、僕も理解できるし、協力できることならします。でも、先生も、見せてください」

「み、見せるって、私にも、その自分でして見せろって、こと？」

悩ましく朱に染まっていた頬の女教師が、目を見開いてきた。まさか、おとなしい性格の健太郎がそんな大胆なことを言ってくるとは、思っていなかったのだろう。

「さすがにそこまでは……。できれば、裸くらいはって。いまの冴島先生、学校とは大違いで色っぽいから。やっぱりダメ、ですよね。スミマセン、調子に乗っちゃって」

健太郎も自分の提案の大胆さを分かっているだけに、驚愕の表情を浮かべる敦子に見つめられると、とたんに弱々しい声になってしまう。

「うぅん、いいのよ。若宮くんだけに恥ずかしい思いをさせるわけには、いかないものね。いいわ。私みたいなおばさんの裸でよかったら、見せてあげる。でも、絶対に誰にも言わないでよ。二人だけの秘密、いいわね」

「は、はい！　もちろんです。ありがとうございます」

まさかの承諾に、今度は健太郎のほうが驚きに目を見開いてしまった。

「もう、そんな大きな声出さなくていいでしょう。ここじゃあ、あれだから、場所、変えましょうか」

「えっ、あっ、は、はい」

学校で見せるのとはまるで違う母性的な微笑みを浮かべた敦子に促され、健太郎は椅子から立ちあがっていった。体勢が変わったことで、押しこめられている硬直が苦しげに胴震いを起こしてしまう。再び右手を股間に這わせ、位置の調整をしていく。

「あぁん、若宮くんったら、もう硬くしてしまっているのね」

立ちあがった敦子が、潤んだ瞳を健太郎の股間に這わせてきた。

「ス、スミマセン」

恥ずかしげに両手で股間を覆った健太郎は、次の瞬間、ハッとしてしまった。それまで気づかなかったのだが、タンクトップに浮きあがっている乳首が、先ほどまでよりも大きくなっているように感じられたのだ。

(もしかして、冴島先生の乳首、勃ってるんじゃ……)

「謝ることじゃないわ。私がお願いしていることなんですもの。こっちよ、来て」

熟女教師の豊乳の先端に熱い視線を向けていた健太郎に、敦子は艶然と微笑みながらクルッと向きを変えてしまった。ミニスカートを張らせているボリューム満点の双臀と、ムチムチに脂の乗った裏腿が、視界いっぱいに飛びこんでくる。

（冴島先生って、ほんとママに負けないくらいエッチな身体してるなぁ）

悩ましく左右に振られているヒップに視線を張りつかせたまま、熟女教師のあとにつづいていった。

敦子が、ダイニングキッチンと隣接している部屋の引き戸を開けていく。ドキッとするほどの流し目とともに、中に入るように誘ってくる。

「こ、ここは……」

思わず驚きの呟きが漏れてしまった。だいたいの予想をしていたものの、想像通りの場所に誘われると、やはり全身に衝撃が走ってしまう。

（冴島先生の、寝室……。あのベッドで、先生は毎日寝てるのか）

三〇三号室は、十畳のダイニングキッチンと六畳の洋室二つから成り立っていた。洋室のひとつは、全面開放も可能な引き戸でダイニングと隔てられている。つまり、十六畳のＬＤＫとして使うことも可能な造りになっているのだ。

部屋に入った正面の壁には、大きめのデスクとワードローブが置かれ、ダイニングキッチン側の壁際にはシングルベッドが置かれていた。

「向こうより、少しは落ち着くでしょう」

「はぃ、ゴクッ」

（確かに、ダイニングより狭いから心許なさは少ないだろうけど、でも、先生がいつも使っているベッドがあるってだけで、興奮度は逆に高まっちゃうよ）

「私から脱ぐわね。あなたのお義母さんほど若くないんだから、ガッカリしないでよ」

教え子の前で裸になることに当然、緊張があるのだろう、冗談めかした敦子の声が心なしか震えていた。それでも女教師は一つ息をつくと、タンクトップの裾で両手をクロスさせ、勢いよく頭から抜き取っていった。

砲弾状に突き出た熟乳が、タップタップと盛大にたわみながら姿をあらわしてきた。薄茶色の乳暈は直径七、八センチと大きめであり、中心に鎮座している乳首も大きめで、中指の先ほどに肥大している。

（凄い！　これが冴島先生のオッパイ……。ママよりはちょい小さい感じだけど、それでも学校での先生からは、想像できない大きさだ）

再び健太郎の喉が盛大な音を立ててしまう。それに対して、恥ずかしそうに、しかし艶やかな笑みを浮かべた敦子が、今度はミニスカートのボタンを外しはじめた。腰を左右に振りつつ、スカートを脱ぎおろしていく。連動するように、完熟の乳肉が悩ましく揺れ、健太郎のペニスが切なそうに震える。

ミニスカートの下からは、ベージュのパンティが姿をあらわした。ややハイレグカットではあるが、レースの装飾などはほとんどないシンプルな薄布である。

パンティに包まれた双臀は義母以上にボリューム満点であり、薄布を思いきり引きのばしてしまっていた。また、ムチムチの太腿は、いかにも熟れて柔らかそうな印象であった。

「ああ、冴島、先、せぃ……」

「あぁん、恥ずかしいわ、そんなにジロジロ見ないでちょうだい。さあ、今度は若宮くんの番よ。約束通り、して見せて」

敦子は右手で左の二の腕を掴むようにして乳房の膨らみを隠し、左手は股間の前へと移動させてきた。羞恥に震え身をくねらせるさまが、とてつもなく艶っぽい。

「はい」

上ずった声で返事をした健太郎は、ボタンダウンのシャツを脱ぎ捨て上半身裸になると、ジーンズの前ボタンに手をのばし、躊躇いを捨て脱ぎおろしていく。下からあらわれた白いブリーフは、勃起ペニスによって前面を大きく盛りあがらせてしまっていた。先走り液によるものと思われる濡れジミが、腰ゴムのあたりに確認できる。

「凄いのね、若宮くん。もうそんなに大きく……」

「先生のせいですよ。冴島先生が、エッチな身体をしてるから」

砲弾状に突き出た双乳にチラッと視線を這わせてから、ブリーフの縁に指を引っかけ、一気に脱ぎおろしていった。ぶんっ、と唸るようにして硬直が飛び出してくる。

「あっ、すっ、凄いわ……。そんな急角度で、あぁん……」

艶めかしい熟女教師の呟きが鼓膜を震わせ、誇らしげに裏筋を見せつけていたペニスが、悦びをあらわすようにピクッと胴震いを起こしていく。

「じゃあ、はじめ、ますね」

「ええ、お願い。立ったままじゃヤリづらかったら、ベッドに座ってちょうだい」

「じゃあ、そうさせてもらいます」

驚くほどの熱量を放つ肉竿に指を絡めたまま、健太郎は敦子が普段使っているベッドの端に腰を落ち着かせていった。担任教師の熟した裸体を真っ直ぐに見つめつつ、強張りを上下にこすりあげていく。瞬時に、クチュッ、クチュッと粘ついた摩擦音が起こり、背筋に愉悦のさざなみが駆けあがっていった。

（うはッ、いつも以上に、興奮してるよ。これじゃあ、すぐにでも出ちゃいそうだ）

「いつもそうしてこすっているのね。お義母さんのことを考えながら」

「はい。でも、先生の息子さんもそうですよ。会えない日も毎日、先生の身体を想像して、扱いているはずですから」

かすれた艶声の敦子に、健太郎は砲弾状に突き出た熟乳、やや浅めではあるがしっかりと括れのついた腰回り、ベージュのパンティ、そして義母以上にむっちりとした太腿と、めまぐるしく視線を転じつつ返していった。

「はぁン、和馬がいつも、私のことを……」

「そうですよ、先生。くぅっ、僕がいましてるみたいに、硬くなったのを握って、先生とエッチすることを思い描きながらしてるんですよ。だから、先生のパンティを悪戯できる週末は、息子さんにとっては天国なんです。先生のエッチな身体をたっぷりと眺めたあとに下着に悪戯できるんですから」

「あぁ、若宮くん、そんなこと言われたら、私……。あなたもそうなのね。西牧さんとエッチを経験してもまだ、お義母さんを卒業できないで、毎日……」

熟女教師の顔に一層の艶めかしさが滲んできていた。まったく無意識の行動なのだろう、右手が熟した豊乳へとのび、量感を確かめるように捏ねあげはじめている。柔らかそうに形を変えていく乳肉が、健太郎の性感にさらなる油を注ぎこんできた。

「そうです。理沙先生とエッチをしたことによってさらに、ママとエッチなことがしたい気持ちが大きくなっちゃってるんです。ああ、先生、僕、もうすぐ、出ちゃいそう」

敦子の思いがけない卑猥な行動に目を奪われつつ、健太郎は強張りを握る右手に力をこめた。グチュッ、ンヂュ、粘り気を増した淫音が大きくなっている。亀頭が一段と膨張し、鈴口からは粘度を増した先走り液が留まることなく溢れつづけていた。

「あなたも、お義母さんのこと、ママって呼んでるのね、若宮くん」

「えっ、あっ、はい。ってことは、先生の息子さんも？」

それまでずっと「義母」で通してきていたのだが、迫り来る射精衝動につい「ママ」という言葉を使ってしまったことを、敦子の指摘によって初めて気づかされた。快感とは別の恥ずかしさによって、頬がさらに熱を帯びてきてしまう。

「そうなの、うちの和馬も、私のことを「ママ」って。はぁン、ダメ、我慢できない。ねえ、若宮くん、先生にやらせてちょうだい」

「や、やらせてって、えっ⁉」

乳房を揉んでいた右手を離し、いきなり目の前にしゃがみこんできた敦子に、健太郎もペニスを扱く手の動きを止め、驚愕の表情で見返していった。

「ごめんなさい。でも、どうしても触ってみたいのよ、若宮くんのオチンチンに。ダメかしら？」

「いえ、ダメだなんて、そんな……。じゃあ、お願い、します」

熟女教師の心の内までは分からないが、せっかく握ってくれると言っているのだ、ここは素直に受け入れるべきであろう。自分でこするよりも気持ちがいいことは、理沙や怜子で経験済みなだけに、健太郎は肉竿を握っていた右手を素直に離していった。

「ありがとう。はぁン、大きいのね。それに、すっごくエッチな匂いがしてるわ」

学校で見るときはキツイと感じる敦子の瞳が、悩ましく蕩けた感じとなっていた。その色っぽく濡れた瞳で硬直を見つめつつ、女教師が右手を肉竿にのばしてきた。強張りの中心付近を、やんわりと握りこんでくる。

「うはッ、くっ、おぉぉぉ……」

「あんッ、とっても硬い。それに、こんなに熱いだなんて……」

熱い吐息混じりの囁きとともに、敦子の右手がゆっくりと上下に動きはじめた。ヂュッ、グチュッと湿った淫音が瞬く間に沸き起こる。

「あぁ、すっごい。自分で握るのとは比べようもないくらいに、気持ち、いぃぃ」

優しい扱きあげに腰骨が震え、鈴口からは新たな先走り液が漏れ出していく。亀頭裏を伝った粘液は、そのまま裏筋を伝い落ち、女教師の指をも濡らしていた。

「はぁン、いいのよ、もっと、もっとママの手で、気持ちよくなってちょうだい」

恍惚の表情でペニスを見つめていた敦子の口から、予想外の言葉が飛び出した。熟女が与えてくれる愉悦に、身をどっぷりと浸からせていた健太郎だが、さすがに現実に引き戻された。

（えっ⁉ ママだって？ 冴島先生、一体どういう……。あっ、そうか！ もしかしたら息子さんにしているつもりなのかも。だってさっきから、先生の視線は勃起したチンチンに張りついたままで、一度も僕の顔を見ようとしてないもん）

甘い吐息を漏らしながら、ペニスを愛おしげにこすりあげてくれる担任教師を見下ろした健太郎は、敦子の蕩けんばかりの表情に、熟女が教え子ではなく息子に快感を与えようとしていることが分かった。

（先生が息子さんを思っているのなら、僕もママを……）

健太郎は目を閉じ、脳裏に義母の姿を思い返していった。自然と記憶は先週の金曜日、理沙の肉体で童貞に別れを告げた日の夜に訪れた僥倖へと遡ってしまう。

煽情的な赤いミニスリップに同色のパンティだけを身に着けた怜子。柔らかい中にも確かな弾力を内包したボリューム満点の双乳の感触が、手の平全体にありありと甦ってくる。そしてペニスに絡みつくのは、しなやかな美母の細指であり、亀頭に吹きかけられてくる吐息は、美熟母の甘息に感じられてきた。

脳天に抜けていく愉悦が、どんどん大きくなっていく。睾丸が震え煮えたぎったマグマを噴火口へと押し出すように、陰嚢全体が縮こまりはじめていた。

「ああ、ママ、気持ちいい。ママの手、さ、最高だよ。僕、ほんとにもう……」

ギュッと目を閉じたまま、健太郎は天を仰ぐように首をのけぞらせ、射精衝動の近さを敦子に訴えていった。


―2―


（あぁん、和馬。いいのよ、イッて、これからはいくらでもママが、あなたを気持ちよくしてあげますからね）

健太郎が「ママ」と発したことによって、敦子の子宮には激しい鈍痛が襲いかかり、大量の蜜液がパンティの股布に向かって溢れ返ってしまっていた。

「出そうなのね、和馬。ママの手で、射精、しちゃいそうなのね」

「うん、ママ、すっごく気持ちよくって、僕すぐにでも出ちゃいそうなんだ」

快感に震える教え子の声が、いまの敦子には完全に息子の声として聞こえてきていた。驚くほどに硬いペニスも、絡みつかせた指が焼けてしまうほどの熱さも、鼻腔粘膜に突き刺さってくる精臭もすべてが、愛しい和馬の発情状況を伝えてきているのだ。

「いいのよ、和馬。このままママの手に出してくれていいの。もう下着に悪戯しなくてもいいように、今口からはママがしてあげるわね」

右手を激しく上下に動かしつづけながら、目の前の硬直に向かって囁きかけていった。ンヂュッ、ブジュッと淫らな摩擦音が、熟女の脳内に妖しく反響してきている。

右手で強張りを扱きあげつつ、左手が自然と下腹部にのびてしまう。ンチュッ、中指がクロッチ越しの淫唇に触れた瞬間、濡れた蜜音が立ち、三十七歳の性感を一層煽り立ててきた。

(うぅん、私ったら、こんなに濡れちゃってたなんて……。あぁん、これも全部、和馬のせいよ。こんなに逞しいオチンチンを、ママに握らせるから)

完全に敦子は、ベッドに座って腰を震わせているのが、息子の和馬と錯覚してしまっていた。それだけに、右手は一層の愛情をこめた手淫を見舞ってしまう。

優しく、それでいてしっかりと射精感を突きあげさせる、熟女ならではのスナップ。親指と人差し指で筒状にした輪を、張り出した亀頭に引っかけるようにして、竿だけではなく破裂寸前まで膨張した亀頭にも刺激を加えていく。さらには股布に這わせた左手が、自然と前後に動き、濡れた淫唇に切ないほどの刺激を送りつづけていった。

「ママ、ほんとにダメ、僕ぅぅぅ……」

健太郎が切迫した声をあげ、射精の瞬間が近いことを知らせてくる。硬直全体がビクッと跳ねあがったのが、手の平を通じて確かに感じ取れた。さらに鈴口から溢れ返った粘液が、透明から白みを帯びたものに変わっており、息子の絶頂がすぐそこに迫っていることを、視覚的にも認識させられる。

「いいのよ、和馬。出して、ママの手でいっぱい、気持ちよくなってちょうだい」

(もうすぐ和馬のここから精液が……。はぁン、もっと気持ちよくしてあげたい。もっと、色々なところを使って、もっと……)

憑かれたようにペニスを見つめ指を往復させつつ、敦子の中にさらなる淫欲が頭をもたげはじめていた。離婚から十年、女としての悦びを忘れ、教師道に邁進してきた熟女の淫裂が、急激に女としての自覚を取り戻しはじめている。左手の指が濡れた秘唇をなぞるたびに、甦った女の悦びが背筋を駆けのぼっていく。

(ここに和馬を迎え入れたら、私、それだけで……。ダメよ、母親としてそれは許されないわ。でも、こっちなら……)

知らず知らずのうちに、顔全体が息子の股間に近づいていた。急角度の屹立を押しさげるようにしつつ、肉厚の朱唇を開いていく。そして次の瞬間、張り詰めた亀頭をパクンと咥えこんでいったのだ。

「ンがッ！　えっ⁉　あっ、ああ、せっ、先、せぃ……」

驚愕にかすれた声が、いきなり鼓膜を揺さぶってきた。さらには髪の毛に両手が這わされ、クシャクシャに掻き毟ってくる。

（えっ？　先生？　ああ、そうだったわ、私は若宮くんに……）

「ングッ、ふぅん、うぅぅン……」

健太郎の喜悦と驚きがない交ぜとなった声で、敦子も一瞬にして現実に立ち戻っていた。それでも咥えこんだ亀頭を離さなかったのは、久しぶりに覚醒した女の部分が牡の欲望液を欲してしまっていたからにほかならない。

「いいんですね、先生。先生の、うぅん、ママの口の中に出して、いいんだよね」

（あぁん、若宮くんもやっぱり、お義母さんにしてもらっているつもりになっていたのね。だったら、私も最後まで……）

「ンヂュッ、ぐぽッ、ぢゅちゅ……」

右手でペニスの根本を押さえつつ、首をゆっくりと前後に振りはじめた。舌先に、苦くも懐かしさを覚える牡の粘液が感じられ、腰が狂おしげに揺れ動いてしまう。

（出して、和馬。ママのお口に、和馬の濃いのをいっぱいちょうだい）

眉根を寄せ、首を前後に振りつづけたまま、敦子は息子に語りかけていた。大切なペニスに歯が当たらないよう、細心の注意を払いつつ、肉厚の朱唇で強張りを扱きあげていく。さらには、縦横無尽に舌を蠢かせ、射精を促していった。

「出ちゃう、出ちゃうよ、ママ、あっ、ママっ、マぁぁぁぁぁぁッ！」

髪の毛に這わされていた健太郎の両手に力がこもった。グッと押さえつけられるような感覚を覚えたと同時に、舌と口腔粘膜が亀頭のさらなる膨張を感じ取った。刹那、喉の奥に向かって熱い粘液が叩きつけられてくる。

「ングッ！　ンッ、コクッ、ふっ、うぅぅん……」

思わず両目を見開いてしまった。それでも少量に分けつつ、出された白濁液を喉の奥に流しこんだのは、女としての本能だろう。

生臭く饐えた匂いが鼻腔の奥から這いのぼり、子宮がキュンと揺れてしまう。蜜液が一気に股布に降り注ぎ、染み出した淫蜜によって左の指がどんどん濡れていく。

（あんッ、すっごい。こんなに濃いのをいっぱい。いいのよ、全部、ママのお口に出し尽くしてしまいなさい）

「ヂュッ、グチュッ、ちゅぅぅぅっ……」

頭がクラクラと揺れてしまっていた。それでも敦子は、脈動をつづける強張りから、

さらなる欲望液を吸い出そうと、強烈な吸引を加えていった。

「ああ、ママ、くっ、吸い出される。ママのお口に、おぉぉぉ……」

「ンくっ、チュッ、ちゅちゅぅぅ……チュポンッ。はぁ、ああ、ゴクン」

健太郎の長く尾を引く咆吼を心地よく脳内に反響させつつ、敦子はさらに激しい吸引を加えていった。濃厚な白濁液を喉の奥へと流しこみ、ようやくペニスを朱唇から解放する。耳まで真っ赤に染まった艶顔で、健太郎の顔を見上げていくと、完全に脱力し、焦点の定まらない目でこちらを見下ろしてくる教え子の顔があった。

「とっても、うぅン、たくさん出たのね、若宮くん。凄く濃いんで、ビックリしちゃったわ。まだ先生のここに、うンッ、へばりついている感じよ」

敦子は右手で自身の喉元を上下にさするようにしつつ、平静を装おうとした。

(ああ、私、本当に若宮くんのを……。和馬にしているつもりで、教え子のオチンチンを咥えて、射精させてしまったんだわ。まだ喉の奥に、若宮くんのが残ってる)

「ごめんなさい、冴島先生。僕、我慢できなくって……。それに、僕、ママ、義母にしてもらってるつもりになっちゃって、ほんとに、スミマセンでした」

荒い息をつきつつ、素直に謝罪の言葉を口にしてきた健太郎に、敦子は首を横に振った。

「いいのよ。それはお互い様だもの。私も、和馬にしている気持ちになってたわ」

ウットリとした視線を、目の前のペニスに向けてしまう。そこには、射精直後にもかかわらず、まったく硬度を失っていない強張りが天を衝いてそそり立っていた。

（凄いわ、出したばかりでまだこんなに……。あぁん、和馬もそうなのかしら。一度では満足できずに、つづけて何度も……）

もう何年も見ていない息子の淫茎と、目の前の教え子の淫茎が重なり合っていく。子宮が疼き、またしても新たな蜜液をクロッチに押し出してしまう。

「ああ、先生、僕！」

熱い視線を強張りに張りつかせてしまっていると、いきなり健太郎がかすれた声をあげ立ちあがってきた。ハッとして顔をあげる。するとそこには、なぜか射精直後よりも荒々しく肩で息をしている教え子の茹で蛸のような顔があった。

「先生、僕、これだけじゃ、我慢できないです」

「えっ？　あっ、キャッ、わ、若宮くん、なにを」

思い詰めた表情を浮かべ、担任教師の前にしゃがみこんだ健太郎によって、敦子は両肩を掴まれ、次の瞬間、一気にフローリングの床へと押し倒されてしまった。

あまりに突然だったため、呆気に取られたように、敦子は己を組み敷いてきた教え子の顔を見上げることしかできなかった。

「ごめんなさい、先生。でも、僕、ほんとに我慢できないんです。お願いです。このまま最後まで」

「最後までって……。そんなダメよ、若宮くん。それだけは、ねッ、分かるでしょう」

「でも、ほんとは先生も、したいんですよね、だって、こんなに」

健太郎の右手が、いきなり股間にのばされてきた。大洪水を起こしている淫唇に、教え子の中指が強く押しつけられてくる。ギュプッ、淫猥な蜜音が起こり、腰がピクンッと跳ねあがってしまう。

「あんッ、わ、若宮、くん」

「こんなにビチャビチャに濡れてるじゃないですか。さっきだって、自分で触ってたでしょう？　見てたんですよ。僕のを咥えながら、ここを何度もこすってたのを」

健太郎が力任せに指を押しつけてくる。ギュッと湿った音をともなって、溢れ返った淫蜜が股布から滲み出してきてしまう。さらに教え子は、強く押しつけた指で、秘唇を上下にこすりあげてきたのだ。

離婚して十年。その間、誰にも許してこなかった場所から沸き立つ淫悦に、敦子は腰をくねらせてしまった。

「はぅ、ダメ、そんなに強く、力任せにしちゃ、ダメよ。もっと優しく」

「あっ、スミマセン。優しくしたら、最後まで、いいですか」

力任せに秘裂を撫であげていたことに思い至ったのか、健太郎の指先から力が抜けていった。だが淫唇から指を離そうとはせず、ソフトタッチでこすりつづけてくる。

「それは、ダメよ。これ以上つづけようとしたら、お義母さんに言いつけるわ」

「ズルイ！　先生はズルイよ。もしママに言うなら、僕も、息子さんに言います。積極的にしゃぶって、飲んでくれたって」

「そんな……」

（でも、確かにズルイわね。自分でしているところを見せて欲しいと頼んだのは、私なんだし……。でも、最後までなんて、いくらなんでもそれは……）

「僕、息子さんの代わりしますから」

「えっ？　どういう、こと？」

突然の申し出に、敦子は怪訝な表情を浮かべた。淫裂から這いあがってくる快感に背筋を震わせつつ、健太郎の顔を見上げてしまう。

「先生が四つん這いになってくれるなら、僕、後ろから……。顔が見えなければ、息子さんとしてる気持ちになれるでしょう」

その瞬間、熟女教師の脳天に背徳の落雷が起こった。

(若宮くんったら、なんていやらしいことを……。バックから担任教師に挿入しようだなんて……。でも、顔が見えなければ和馬としている気分を味わえるのは確か、さっきだって……。あっ、なるほど、私が和馬を想うように、若宮くんもお義母さんとしている気持ちを味わえるってことね)

健太郎の言葉に心と身体が敏感に反応してしまった。顔には恍惚とした笑みが浮かび、淫悦を味わいつつも強張っていた全身から力が抜けていく。

「いいでしょう、先生。いつか、息子さんにしてあげるときの、予行練習だと思って」

女教師の心の変化を敏感に感じ取ったらしい健太郎が、淫裂を優しく撫であげながら、さらなる魅惑の囁きを投げかけてきた。

「このままじゃ、僕、治まりがつかないです。それは先生も同じでしょう?」

そう言うと健太郎は、クロッチを撫でつけていた右手を股間から抜き、横になったことによって少し脇に流れてしまっている乳肉に這わせてきた。やんわりと膨らみを捏ねつつ、身体を密着させてくる。むっちりと脂の乗った太腿に、いきり立った強張りが押しつけられてきた。

「はぁン、若宮、くん……」

「先生のオッパイ、気持ちいい。うちのママよりもずっと柔らかいですよ。息子さんだって、きっとこういうことをしたいんじゃないかなぁ」

「いや、そんな、和馬のことは、言わないで」

真っ直ぐに見つめてくる教え子から、敦子は思わず目を逸らしてしまった。それでも乳房から伝わる甘い愉悦と、太腿に感じるペニスの逞しさからは逃れることができず、甘いうめきがこぼれ落ちてしまう。

（確かに私もこのままじゃ、蛇の生殺しと同じだわ。それでも、教え子となんて……）

「先生、お願いします。うぅん、違いますね。ママ、僕、ママとセックスがしたいよ。お願いだから、ママのオマ○コに僕のこいつを、挿れさせて」

敦子の右耳に顔を近づけた健太郎が、甘えたような囁きを吹きこんできた。その瞬間、敦子の背筋に禁断のさざなみが沸き立ってしまった。

（私と和馬は母子だからそんなことはできない。それは、若宮くんもそうだわ。だったら、お互いを想い人に見立てて、気持ちを味わうことくらいは……）

快感に負けた脳が、勝手な言い訳を作り出してしまう。

「分かったわ。でも約束して、若宮くん。一度だけよ」

「はい、分かってます。ありがとう先生。僕、先生に気持ちよくなってもらえるように頑張りますから」

熱い囁きのあと、健太郎はゆっくりと敦子との密着を解いてきた。フローリングに座りこみ、熟女教師に熱い視線を向けてきている。その眼差しを感じつつ、敦子も上体を起こしていった。

砲弾状の膨らみを悩ましく揺らしつつ立ちあがると、無言のままベージュの薄布をおろした。濃いめのヘアがあらわになり、秘唇がクロッチから離れた瞬間、チュッと小さな音が沸き起こった。同時に、ムワッとした牝臭が拡散しはじめる。

「ああ、先生……。さっき僕がしたみたいに、ベッドに座ってください。そうしたら、今度は僕が先生のあそこを、舐めますから」

「そんなことしてくれなくても、いいのよ」

「いえ、舐めたいんです。お願いです、先生」

「す、少し、だけよ」

必死に哀願してくる健太郎に母性本能を刺激された敦子は、薄布を足首から抜き取り、ベッドの縁に腰をおろしていった。興奮と羞恥に頬を染めつつ、ゆっくりと両脚を開いていく。ツンと鼻を衝く牝の発情臭が鼻腔粘膜の奥に突き刺さってきた。

(私、なにをしてるのかしら。教え子に、いやらしく濡れたあそこを見せるなんて)

「すっ、凄い。こんなに濡れたオマ○コ、初めて見ます。パックリと口を開けて、中からトロトロしたエッチ汁が、どんどん溢れてきてますよ。あぁ、それに、この匂いも、なんていやらしいんだ」

にじり寄ってきた健太郎の両手が、太腿に這わされてきた。顔を股間に埋めるようにしてくる。

「あぁん、恥ずかしいわ。ジッと見つめちゃイヤよ」

「じゃあ、舐めさせてもらいますね。ンチュッ、チュプッ、ピチャッ」

「キャッ、はぅ、あんッ、あっ、わっ、若宮、くぅン……」

いきなり秘唇のスリットに、ヌメッとした舌先が押し当てられてきた。腰が跳ねあがり、鋭い愉悦が脳天に突き抜けていく。

「チュプッ、ぢゅちゅっ、ピチャッ、ちゅくっ……」

股間に顔を埋めた教え子が、懸命に舌を遣い卑猥な蜜液を垂れ流す秘裂を舐めあげてくれる。そのつど脳天に快感が突き抜け、眼窩には鋭いスパークが起こった。

「そうよ、あぁん、上手よ、若宮くん。お願い、クリトリスも、舐めて」

「ぷはぁ、クリトリス？　それって、これのことでいいんですよね？」

いったん顔をあげた健太郎が、尖らせた舌先を秘唇の合わせ目から飛び出し、自己主張をしている突起にあてがってきた。その瞬間、強烈な喜悦に全身を貫かれ、腰が勝手に悶えてしまった。

「あんッ！　そ、それよ。私はそこが一番感じるの。西牧さんにはしなかったの？」

「はい。あそこは舐めさせてもらいましたけど、ここのことは特になにも」

「そう。じゃあ彼女はきっと、膣中派なのね」

「なかは？」

「クリトリスよりも、あそこをオチンチンでこすられるほうが感じるのよ。私はどっちかというと、クリちゃんを弄られるほうが、感じちゃうの。女性は、それぞれ一番感じるところが違うから、そこも見極めなきゃいけないのよ」

怪訝そうな顔で見上げてきていた健太郎は、敦子の説明に納得したように何度も頷いてきた。そして、再び股間に顔を沈めると、今度は充血した淫突起を集中的に嬲ってきたのだ。

「チュッ、くちゅっ、レロ、チュパッ、チュプッ、チュ、ちゅぅぅぅ……」

「はぅ、あっ、あぁん、うぅん、はぁ、ヤッ、あんッ、そこ、感じ、すぎちゃうぅぅ」

舌先で、突起の周囲をグルッと舐めたかと思うと、唇で突起を挟みこみ、舌で優しく掃いてくる。刹那、快楽中枢と脳が激しく揺さぶられた。さらには、乳首にするかのように淫突起に吸いつかれるに及んでは、意識が飛んでしまいそうになった。

（はぁン、若宮くん、とっても上手だわ。ダメ、これ以上されたら、私……）

「もう、充分よ、若宮くん。お願い、そろそろ、あなたの逞しいオチンチンでして」

（私ったら、なんてことを……。教え子に挿入をおねだりするなんて、なんてはしたないことを言ってるの）

言動の淫らさに総身がブルッと震えた。それでも熟女教師は、健太郎の髪の毛を掴むようにして、強引に淫唇から顔を離れさせていった。

「はぁ、ああ、先生」

「お願い、来て」

口の周りを淫蜜でベタベタにした少年に、トロンとした瞳で頷くと、そのままベッドにのぼり、四つん這いの姿勢を取った。枕に顔を載せるようにしつつ、両手の前腕部をマットレスにつき、膝を立て、ヒップを高々と突き出していく。

「はっ、はい、せんせっ、あッ、うぅん、ママ」

健太郎もベッドの上へやってくると、突き出したヒップの真後ろに陣取ってきた。気分を盛りあげるためか、呼び方が再び「ママ」に変化している。魔法の言葉に腰をくねらせつつ、敦子は右手を股間から後ろに突き出していった。すると、心得たように、いきり立ったペニスが差し出されてくる。

「とっても硬くて素敵よ。すぐに、ママの膣中で気持ちよくしてあげるわね」

「うん、お願い、ママ。僕、ほんとはずっと我慢してて、出ちゃいそうだったんだ」

「まぁ、そうなの。でも、もう我慢の必要はないのよ。ママの中にいっぱい出してね」

腰に両手をあてがってきた健太郎の言葉に艶然と答えた敦子は、濡れた淫裂へとペニスを引き寄せていった。チュッ、亀頭先端と女肉が触れた瞬間、小さな蜜音が鳴る。腰をくねらせつつも、膣口へのいざないは止まらない。やがて、ピタリと手の動きを止めた。

「ここよ、和馬。ここがママの入口、あなたが産まれたところよ。さあ、遠慮しない、でッ！　あんッ、くぅ、はぁン、そんないきなり……」

言葉の途中で、健太郎が腰を突き出してきた。グヂュッとくぐもった音を立て、傘を広げた亀頭が膣口を割り開き、押し入ってくる。その瞬間、敦子は呼吸が止まるほどの衝撃を味わった。

(すっ、凄い！　こんなに大きいだ、なんて……。はぁン、十年ぶりだから、余計に感じちゃってるのかも)

「おぉ、ママ、凄いよ。ママのオマ○コ、僕のにウネウネ絡みついてきて、ああ、すぐにでも出ちゃいそうだ」

腰肌に這わせた両手にグッと力をこめつつ、健太郎が喜悦のうめきを漏らした。

「あなたのも、とっても逞しくて、素敵よ。さあ、腰を動かして、もっといっぱい気持ちよくなってちょうだい」

「でも、そんなことしたら、ほんとにすぐに」

「あぁん、我慢しないで出していいのよ。和馬の濃い精液、ママの子宮に注ぎこんで」

「ああ、ママ、ママぁぁぁ……」

最愛の義母とセックスをしている気分を味わえているのか、うわごとのように何度も唱え、教え子が腰をゆっくりと前後に振りはじめた。

ズチャッ、グチョッと湿った摩擦音を響かせつつ、健太郎の硬直が肉洞内を往復していく。張り詰めた亀頭で膣襞をこすりあげられるたびに、背筋には淫悦の震えが走り抜け、眼窩に快感の花が咲き乱れた。

「あんッ、はぅ、あっ、いぃン……。はぁ、素敵よ、和馬。もっと、もっと激しくママに打ちつけてきて」

「あっ、すっごい。いま、ママのがキュンって、あぁ、ママ、ぐぅぅ、おぉぉ……」

「あなたのが逞しくて、立派だから、ママのあそこが悦んでるのよ」

シーツを両手でギュッと掴み、背中を弓なりに反らせつつ、敦子は健太郎に濡れた声を返していった。

「僕の腰がお尻にぶつかるたびに、柔らかいお尻のお肉が、プルプルって震えてて、とってもエッチだよぅ」

健太郎の両手が腰から熟尻へと這わされてきた。腰を双臀にぶつけながら、柔らかく歪む尻肉を撫でまわしてくる。

「ああ、すっごい！　ママのお尻、とっても、柔らかい」

「はぅン、いいのよ、好きにして。ママの身体は全部、和馬だけのものよ。お尻でもオッパイでも、好きなところを好きなだけ触ってちょうだい」

まるで乳房を揉むかのように尻臀を捏ねられると、それまでとは違った淫悦が敦子の全身を駆け巡っていった。ペニスを呑みこむ蜜壺が震え、柔襞が強く肉竿に絡みついていってしまう。

「うほッ、あぅ、おぉぉ、す、凄い。ママの膣中、一段と強く締まってきたぁぁぁ」

尻肉をギュッと鷲掴みにしてきた健太郎が突如、ペニスを根本まで押しこんだ状態で動きを止めた。肉洞に押しこまれた硬直が、小さく痙攣しているのが分かる。

「あぁん、どうしたの和馬。さあ、腰を動かして。もっといっぱい、ママの中でオチンチン、ゴリゴリして」

膣襞をこそげ取られる感触が消えたことに、敦子は切なげに腰を揺すって、教え子に律動の再開を促した。

「でも、ほんとに僕、出ちゃいそうになってて、それで……」

「いいのよ出して。さあ、腰を動かして、ママのこともいっぱい感じさせて」

「うん、分かったよ。ああ、マ、ママぁぁぁ……」

奥歯を噛み締めたような声を発した健太郎が、再び腰を前後に動かしはじめた。ズチュッ、グチョッ、瞬く間に粘ついた摩擦音が起こり、高校生の逞しい肉鑓が空閨《くうけい》を託《かこ》っていた熟襞をこすりあげてくる。

「はンッ、いい、素敵よ。さあ、今度はオッパイを。和馬がママのあそこをこすってくれるたびに、ぶるんぶるん揺れちゃってるオッパイを触ってみて」

「ああ、ママ……。ママのオッパイ……」

健太郎の両手がヒップから離され、今度は乳房へとのばされてきた。教え子に貫かれるたびに、はしたなく揺れてしまっていた熟乳が鷲掴みにされてくる。そのまま、量感を確かめるように、捏ねあげられてきた。

「あぅッ、はん、あぁ……」

ペニスに扱かれた膣襞から伝わる鋭い快感とは別の、じんわりと染みこんでくる悦びが乳肉から伝えられてくる。腰が切なそうにくねり、教え子の強張りをさらに強烈に締めあげていってしまう。

「ぐほッ、おぉぉ、ママ、ダメだよ。そんなにきつく締めつけられたら、ぼ、僕ぅぅ」

蜜壺内のペニスがビクンと震えた。絡みつこうとする柔襞を外側へと押しやるように、一段と膨張してくる。

「いいのよ、出して。欲しいのよ、和馬の精液が。お願い、ママの子宮に還って来てちょうだい」

「おぉぉ、ママぁぁぁッ！」

健太郎の腰の動きが一層激しくなってきた。バスッ、ズヂャッ、グチョッと卑猥な接合音が大きくなる。それにつられて敦子の性感も急速に高まってきた。鮮やかな花火が何発も眼窩にあがり、肉洞が狂おしげに蠕動していく。

「くふぅ、あんッ、いぃ、もっとよ、もっとちょうだい。和馬の気持ちを、全部ママにぶつけてきて」

「ああ、ママ、僕、出すよ。いいんだね、膣中に、オマ〇コに出して、いいんだよね」

「そうよ、出して。和馬の濃厚ザーメン、全部をママの子宮に置いていってぇぇぇ」

「うおぉぉ、出すよ。僕、ママの子宮に、あっ、マっ、ママぁぁぁぁぁぁぁッ！」

捏ねるように乳房を揉んでいた健太郎が、再び膨らみ全体を鷲掴みにしてきた直後、亀頭の膨張を熟襞がはっきりと感じ取った。刹那、熱い欲望のエキスが、子宮に向かって叩きつけられてくる。

「おぉ、締まる。そんな、搾り出すように、しないでぇぇぇ……」

「あっ、くぅ、あっつィ、あぁん、分かるわ。和馬の熱いのが、ママの膣中にぃぃ」

「あぁん、凄い、まだ出るのね。いいのよ、全部出して。和馬のミルクは、ママが全部吸い出してあげますからね。はぁン、ダメ、ママも、ママもイッちゃぅぅぅッ！」

一向に衰えない吐精に、敦子も一気に昇り詰めてしまった。ビクン、ビクンと妖しく腰が震え、視界が一瞬にして白く塗りこめられていく。

「はぁ、ああ、気持ちよかったよ、ママ、あぁ……」

「あぁん、素敵だったわ、和馬。ママはもう、あなたのモノよ」

高く掲げていたヒップがユラユラと揺れながら、ゆっくりと落ちていく。完全なうつ伏せ状態となった敦子は、耳元で熱い囁きを漏らす教え子の声に、甘い言葉で返していくのであった。

第四章　トリプルティーチャー　それぞれの淫戯

―1―


（やっぱり私立高校のほうが、こういうお祭りは賑やかだよなぁ……）

義母の学校の文化祭、二日目の日曜日。健太郎は、正門から正面昇降口へとのびる石畳の道を歩きながら、そんな感慨をいだいた。石畳の両側には、屋台のテントがズラッと並び、売り子の生徒たちが声を張りあげている。

（ママの教室はっと……。3―Bだから、ああ、四階か）

正門を入ったすぐのところに置かれていたパンフレットを手に取っていた健太郎は、石畳を正面昇降口に向かって歩きつつ、義母が担任をしているクラスを探していた。

ここに来た最大の目的が、怜子のクラスの出し物にあったのだから当然だ。

（ママのメイド服姿って、どんな感じなのかなぁ。すっごいワクワクするよ）

美母のクラスの出し物は『メイド喫茶』であった。生徒ばかりか、怜子もメイド服姿になることを聞き、それを楽しみに来たのである。そのため、校舎内に足を踏み入れると、寄り道することなく真っ直ぐ四階へと階段をあがっていく。

（ゲッ、並んでる。もしかして、一番人気じゃないのかぁ……）

3―Bの教室前には順番待ちの行列ができあがっており、大盛況であることが分かる。健太郎も列の一番後ろに並び、順番が来るのを待つことにした。待つことおよそ十五分。ようやく順番がまわってきて、教室内に入ることができた。

「お帰りなさいませ、ご主人さま」

驚きのあまり、声が出なかった。

（高校の文化祭で、ここまでエッチなメイドさんって、ＯＫなの⁉）

お揃いのメイド服は、一見シンプルな紺のエプロンドレスに見える。しかし、コルセットによってウエストが絞りこまれ、胸の膨らみを強調するような衣装であった。

スカート丈はマイクロミニ。スカートのボリュームを出すため、ヒラヒラとした生地が何枚も重ねられている。さらに、黒のニーハイソックスを着用していることから、スカート裾とソックスの間に、「絶対領域」が生み出されていた。

案内された席に座り、カフェオレを注文した健太郎は、改めて教室内のメイドたちを眺めていった。

（それにしても、このクラスって、女子のレベル、高ッ！）

メイド姿をしている女生徒は全部で五名。全員がアイドルにでもなれそうな顔立ちをしていた。メイド衣装を着ていない女生徒たちも、美少女と呼べそうなレベルであり、意図的に美少女ばかりを同じクラスに集めたのか、と思えてくるほどだ。

「お待たせいたしました、ご主人さま。カフェオレになります」

健太郎がほかの客同様、美少女メイドの姿に眼福を覚えていると、聞き覚えのある涼やかな声が鼓膜を震わせてきた。ハッとして、すぐ真横を見る。

「ああ、ママ……」

健太郎の口からは、思わず感嘆の囁きが漏れてしまう。そこには、生徒と同じ衣装に身を包んだ、美しい義母が少し恥ずかしそうに微笑みながら立っていた。

(す、凄い！　やっぱりママが一番だ。可憐さはないけど、色気が半端じゃないよ)

健太郎は、義母の姿を見つめたまま、陶然とした表情になってしまった。生徒たちとまったく同じ衣装を着用した三十二歳の美女は、美少女たちを霞ませてしまうほどの圧倒的な存在感を放っていたのだ。

コルセットで締められたウエストの影響で、ただでさえ豊かなHカップの膨らみがより強調されてきている。さらに、下半身に目を転じれば、ニーハイソックスで覆われた美脚と、マイクロミニのスカート裾との間に、大人の女性ならではのむっちり感の強い生太腿が惜しげもなく露出されていたのだ。

チノパンの下で、ペニスが一気に硬度を高めてきた。締めつけているブリーフの中で、もどかしそうに跳ねあがっているのが分かる。強張りの位置をすぐにでも修正したいが、怜子の目が気になって手をのばすことができない。

「もう、健くんったら、ほんとに来ちゃったのね。あぁん、恥ずかしいから、そんなジロジロ見ないで」

テーブルの上に、ソーサーに載せられたカップを置きつつ、若母が魅惑の微笑みを投げかけてきた。その顔には羞恥も混ざっており、それが一層の色気を与えていた。

「あっ、ごめん。でも、来てよかったよ。ママのそんな姿を見れるなんて……。すっごくよく似合ってるよ」

小声で話しかけてきた怜子に、健太郎は陶然とした眼差しを向けていった。周りの生徒に気づかれたくないのか、義母は小声で話しかけてきたため、前屈みになって顔を息子へと近づけてきていた。そのため、強調された胸の膨らみが「揉んで」とばかりに健太郎の目の前で、ユッサユッサと揺れている。

（ああ、ママのオッパイ。触りたい。思いきり揉んで、しゃぶって、挟みたい。そしてそのあとは、ママとセックスを……。理沙先生や、冴島先生とではなく、ママと……）

健太郎の中で怜子への想いが一層募っていく。初体験相手である家庭教師の理沙、ひょんなことから関係を持つことができた担任教師の敦子。二人とも素晴らしい肉体の持ち主ではあったが、やはり最愛の義母には及ばないのではないか、という思いが胸の中で強くあった。

「健くん、聞いてる？」

「えっ、あぁ、ごめん、ママ。なに？」

「もう、どこ見てたの、エッチなんだから。ふふっ、ママはもうすぐ休憩に入るから、そうしたら校内を案内してあげるって言ったのよ。分かった？」

健太郎の視線が乳房に向かっていたことはお見通しであったのだろう。女教師美母が甘く睨みながら答えてくれた。

「うん、分かったよ。じゃあ、これ飲んだら、教室の外で待ってるから」

「ええ、そうしてちょうだい」

にっこりと微笑んで怜子が離れていく。健太郎は、ニーハイソックスとスカート裾の隙間から覗く、裏腿の艶めかしさをウットリと眺めるのであった。

「怜子先生、かわいいぃぃ。写メ撮ってもいい？」

「うわっ、先生。めちゃエロじゃん」

メイド服姿の怜子に案内してもらって校内を歩いていると、何人もの生徒が義母に親しみをこめた声をかけてくる。そのつど若母は、「いいけど、あんまり拡散させないでよ」とか「ちゃんとクラスの手伝いしなさいよ」などと気さくに返していた。

(やっぱりママって、人気あるんだなあ。これだけ美人でスタイルも抜群なんだから、当たり前かもしれないけど……)

男女分け隔てなく生徒から慕われている義母に、健太郎は誇らしい気持ちを持つ一方、胸の奥底では嫉妬の炎を燃えあがらせてしまっていた。

(僕以外のやつが、ママの身体をエッチな目で見るなんて、やっぱり許せないな。こんなことで、こんなにも心が掻き乱されるなんて……。この程度のことは笑ってやりすごせるように、もっとママのことを独り占めにしたい)

「健くん、上に行きましょう」

「えっ、上？　うん、いいけど」

悔しさで胸中を乱していると、義母がそんな誘いをかけてきた。曖昧に頷きつつ、怜子につづいて階段をのぼっていく。行き着いた先は屋上であった。普段は立ち入りが制限されているらしく、誰もいない。拡声器を使った屋台への呼びこみがここまで届いてきている。

さらに少し離れたグランドでは、野球部が対外試合を行っている様子が窺えた。金属バットがボールを打つ、キーンという音が時間差で聞こえてきている。

そんな文化祭らしい賑やかな喧噪から取り残されたように、屋上はひっそりとしていた。その静かな屋上に、健太郎は美しすぎる義母と二人きりでいるのだ。

「あら、野球部の試合って、もうはじまってるのね」

金属バットがボールを打つ音が聞こえたのだろう。怜子は屋上の周囲に張り巡らされたフェンスの一角に近づいていこうとした。マイクロミニの裾が微風でヒラヒラと揺れ、むっちりとした裏腿がさらに艶めかしさを増して、健太郎の目を射る。

(ここには、僕とママの二人しかいないんだ。それも、家では絶対にしないエッチなメイド衣装を着たママと……。これってママをもっと僕だけのモノにする、絶好のチャンスなんじゃ)

そう思うと、いてもたってもいられない気分になる。チノパン下のペニスは、先ほどから完全勃起の状態であり、欲望が耐え難いまでに高まってしまっていた。

「ママ、好きだ！」

健太郎は小走りで義母に近づくと、後ろから怜子を抱き締めた。

「キャッ、け、健くん？　どっ、どうしたの急に？」

「好きなんだよ、ママのことが」

　息子の突然の行動にビクッと肩をすくませ、驚きの声を発してきた怜子に、健太郎は同じ言葉を繰り返しつつ、両手を義母の豊満な乳房にのばしていった。

　豊かさが強調された膨らみを、欲望に任せて揉みしだいていく。エプロンドレスの生地越しに、とてつもないボリュームと柔らかさが、手の平全体にありありと伝わってきた。それがさらに、健太郎の欲望に油を注ぎこんでくる。

「ああ、凄い。やっぱり、ママのオッパイはすっごく大きくって、柔らかくって、気持ちいい」

「あんッ、け、健くん、やめて。ダメよ、こんな、はンッ、健くん」

　怜子は不埒を働く息子の手首を掴むと、双乳から引き離そうとしてきた。健太郎は自分から右手を膨らみから離すと、左手だけは頑として左乳房に被せたまま、チノパンのファスナーを全開にしていった。手こずりつつも、完全勃起のペニスを露出させていく。先走り液で濡れた亀頭が微風に嬲られ、ゾクッとした震えが腰骨を襲った。

「ママ、僕、本気なんだ。ほんとにママのことが……。心の底から、ママとセックスがしたいって思ってるんだよ」

右手で肉竿の中央を握り、剝き出しになっている義母の裏腿に、亀頭の先端をこすりつけていった。脳天に突き抜けていく鋭い愉悦が、一気に背筋を駆けのぼる。ビクッと強張り全体が跳ね、先走り液が熟腿に噴きかかってしまう。

「ヤンッ、そんな、こんなところで……。一体なにを考えてるの。早くしまいなさい」

「ヤダッ！　僕はママとセックスがしたいんだ」

こみあげてくる射精感をこらえつつ、健太郎は右手で握ったペニスを、露出している魅惑の絶対領域、生腿の間へとあてがい腰を突き出していった。

「あんッ、こ、こら、健くん、イヤ、そんな……」

むっちりとした腿肌は、驚くほどのなめらかさで硬直を包みこんできた。心地よい温もりの腿肌は、理沙や敦子とのセックスにも負けないほどの気持ちよさだ。

痺れるような愉悦に総身を震わせつつ、健太郎は右手を再び義母の右乳房に被せていく。両手で豊満な双乳を捏ねまわし、自然と腰が律動運動を開始してしまう。

「くはッ、ママの太腿、気持ちいいィィ……」

「ダメよ、そんな、あんッ、腰、前後に動かしちゃ、ダメぇ」

「あっ、ダメだよ、ママ。脚広げないで。太腿閉じててよ」

怜子が身をよじりながら、息子の暴挙を抑えようとしてきた。その際、左右の内腿が撫でるように硬直をこすりあげ、新たな喜悦が沸き起こってきてしまう。しかし直後、脚が少し開かれ、せっかく挟みこんだペニスが太腿から離れてしまった。

「そんな勝手なこと言わないでちょうだい。ママ、本当に怒るわよ」

「この前は手でしてくれたじゃないか。うわッ、ママの太腿、やっぱり気持ちいい」

健太郎が両脚で踏ん張りつつ、両手でしっかり双乳を鷲掴みにしたことによって、義母の動きが小さくなった。ついには、諦めたように、開いていた脚を閉じ合わせてくれる。柔らかくも張りのある腿肌に再び硬直を挟みこまれた健太郎は、悦びに腰を震わせてしまった。

「あれは特別。ママ、そう言ったでしょう。お願いよ、健くん。こんなところ、もし誰かに見られたら、ママ、困るわ。分かるでしょう?」

「ママこそ分かってよ。僕、ママのこと、本気なんだから。だから、今日も特別に、ねッ、いいでしょう。ああ、気持ち、くッ、よすぎて、出ちゃいそう」

両手で圧倒的ボリュームの豊乳を押し潰すようにしつつ、健太郎は腰を前後に動かしつづけていた。チュッ、クチュッと漏れ出した先走り液が奏でる湿った音が、徐々に大きくなってきている。

(ママの太腿、気持ちよすぎだよ。誰かに見られたって構わない。いや、見て欲しい

くらいだ。エッチな身体のママは僕だけの、特別な存在なんだって、分からせてやる）

肉竿本体だけを露出させているため、ブリーフ下に押しこめられたままの陰嚢がキュンッと震えながら睾丸を押しあげようとしてくる。

ンチュッ、クチョッ、漏れ出した先走り液が潤滑油となり、スムーズな律動がつづいていた。腰を動かすごとに、強張りが徐々に太腿の上、脚の付け根方向へと移動しており、次の瞬間、ペニスの表面が怜子の秘唇を守るパンティと接触してしまった。

「あっ、くぅ、はぁ……。ママの、あっ、あそこだ」

「ひゃッ、け、健くん。だめぇ、あんッ、太腿だけならともかく、そんな硬くしたので、こすり、つけないでぇぇ」

硬直と薄布が触れ合った瞬間、二人の身体には同時に震えが走り抜けていた。愉悦のうめきを漏らす健太郎に対し、義母が再び身をよじる。

またしても脚が少し開かれたが、今回はパンティ越しの淫唇と密着していることもあり、さほどの消失感はない。逆に締めつけるものがなくなったことで、射精感が遠ざかったような気にすらなれた。

なめらかなパンティの股布越しに、モニュッとした柔らかな女肉の存在を、ペニスが敏感に感じ取る。その背徳の感触と妖しい温もりに、射精感が一気に迫りあがってきそうになった。

「ねえ、ママ、挿れたいよぅ」

後ろから義母に密着し、腰を小刻みに前後させつつ、健太郎は背徳の願いを口にしていた。メイド服越しにもはっきりと分かる、柔らかくも弾力ある豊乳の感触と、薄布越しに感じる女裂の艶めかしさに触発されていたのだ。

「はぅ、あぁん、ダメよ、そんなこと。それだけは、絶対に許されないのよ。オッパイを触らせてあげたり、硬くなったのを握ってあげるのとは、根本的に違うのよ」

「でも、僕はッ、くっ、あぁ、ダメだ、もう、出ちゃうぅぅぅ」

射精感が遠ざかったように感じたのは錯覚であったらしい。亀頭がなめらかな薄布にこすられていると、一気に吐精の衝動が突きあがってきてしまう。

「えっ、ダメよ！　いま出されたら、服に、ついちゃう」

「そんなこと言われたって、僕、ほんとに、もう……」

義母の思いがけなく慌てた声に、健太郎はハッとして奥歯を噛み締め、肛門を引き締めていった。睾丸がキュンッとなる。それはまるで、発射態勢に入ろうとしていたマグマが急に行く手を塞がれたことに対し、抗議の声をあげているようであった。

必死に射精感を抑えつけようとしている間に、怜子は健太郎の手を振りほどくようにして身体を離してしまった。意識がペニスに集中し、乳房に這わせた両手から力が抜けた隙を突かれた格好だ。

「あっ、マ、ママ」

太腿のなめらかさも、パンティ越しの秘唇の温もりもすべてが消え失せ、露出しているペニスがまたしても微風に嬲られた。先走り液で湿った淫茎に吹きつけられるそよ風に、背筋がザワッと震えてしまう。

「服につけられちゃうわけには、いかないのよ」

義母はそう言いつつこちら側を向くと、すっとその場にしゃがみこんできた。かすかに上気した悩ましい表情で息子を見上げ、開かれたファスナーから屹立している強張りを右手で握りこんでくる。

「くおッ、あぅ、マ、ママぁぁ……」

(ママが、また、僕のを握って、くれてる!)

「はぁン、ほんとに硬くて、熱い。まだよ、待ってね。まだ、出しちゃ、ダメよ」

熱い吐息を漏らした怜子が、怜悧な美貌を艶やかに染めながら念押しをしてきた。

「くっ、うぅぅ、はぁ、あぁぁ」

言葉を発することもできず、健太郎はこみあげる射精衝動を必死にこらえていた。

（なんで、まだ出しちゃダメなんだろう。メイド服汚しちゃマズイのは分かるけど、でももう、限界だよぅ）

眼窩には悦楽の火花が断続的に瞬き、狂おしさのあまり腰が勝手にくねってしまう。奥歯を噛み締め、切なそうな顔で義母を見下ろした健太郎は次の瞬間、とんでもない現実に直面することとなった。ふっくらとした朱唇を開いた怜子が、その唇をペニスに近づけてきたのだ。

（えっ、ま、まさか、ママ⁉）

美母の行為を予想した健太郎が目を見開くのとほぼ同時に、形のいい朱唇に亀頭が咥えこまれてきた。ヌメッとした舌先が、鈴口のあたりをチロッと這ってくる。

「ぐふぁッ、あぅ、マっ、ママぁぁ⁉」

「ンふっ、ぅん、はぅ、チュッ、ちゅくっ、チュプッ」

上目遣いで息子を見上げつつ、義母はゆっくりと肉竿を口腔内へと迎え入れていった。そのまま間髪を容れず、首を前後に振りはじめる。

「う、嘘……。ママが僕のを……ママの口に、僕のが入ってるぅぅぅ」

それはあまりに衝撃的な眺めであった。義母とセックスをしたいとずっと願っていた健太郎にとって、フェラチオはセックス本体に勝るとも劣らない行為なのだ。理沙や敦子にもしてもらってはいたが、感動がまったく違っている。

（ママが僕のを咥えてる。ほんとに、僕の硬くなったやつが、ママの口に……）

「ンチュッ、チュパッ、むぐっ、はふ、クチュッ、チュク……」

悩ましく眉根を寄せながらも、首を前後に動かしつづけている義母の姿を恍惚とした顔で見つめてしまう。怜子の口唇愛撫は、決して巧みなものではなかった。

ペニスに歯が当たってくることはなかったものの、窄めた朱唇でペニスを扱きあげているだけであり、思い出したように舌がぎこちなく肉竿や亀頭をこすりあげてくるのである。だが、それだけで健太郎には充分であった。

生温かな口腔粘膜に包まれた硬直には、美母の唾液が染みこんでくるような錯覚を覚え、ぎこちなく淫茎の上を這う舌の蠢きに、全身が蕩けてしまいそうな悦びが湧きあがってくる。お預けを食らっていた射精感が一気に甦り、亀頭が膨張していく。

「あっ、出る！　僕、ママの口の中に、あっ、くっ、でッ、出ちゃうぅぅッ！」

ペニスがビクッと大きな脈動を起こした次の瞬間、煮えたぎったマグマが一気に輸精管を駆けあがり、義母の口腔内で大爆発を起こした。

「ングッ！　んぅ、うぅぅん……」

怜子の目が大きく見開かれ、眉間の皺が一層深くなる。それでも義母は、硬直を吐き出そうとはしなかった。苦しげなうめきを漏らしつつも、叩きつけられた白濁液を迎え入れてくれている。

ドピュッ、ズピュッ、ドピュン……。

断続的に痙攣を繰り返すペニスからは、次々と欲望のエキスが噴き出していく。

「出してるんだ。僕、本当に大好きなママの口の中に、射精、しちゃってるんだ」

いままで経験したどの射精よりも強烈な解放感に、健太郎は総身を震わせつつ、強張りを咥えこむ怜子を恍惚の表情で見下ろしていくのであった。

―2―

「あれ、冴島先生。今日は一人なんですか？」

美母の口腔内に大量の白濁液を放ったあと、一通り校内を案内してもらってから怜子と別れ、帰宅してきた健太郎は、アパート近くで手に買い物袋をさげた担任教師の姿を見つけ、声をかけた。

「あっ、あら、若宮、くん」

振り返った女教師は健太郎の姿に、頬を赤らめてきた。その反応に、健太郎自身も疑似母子相姦を思い返してしまった。

（学校では毎日、顔を合わせてはいたけど、二人で話したことはなかったもんな）

軽率に声をかけたことを悔やみつつも、熟女教師の全身を眺めてしまう。この日の敦子は、伊達メガネこそしているものの、服装は黒いゆったりめのニットのワンピース姿であった。ゆったりとしたニット越しにも、砲弾状の膨らみ具合が分かり、義母の口腔内に精を放っているペニスが、チノパンの下でピクッと小さく震えてしまう。

「ど、どうも、こんにちは。あっ、あの、今日は息子さんと一緒じゃないんですね。もう帰られたんですか？　それとも、家で留守番ですか？」

声をかけてしまった以上、なにかを話しかけないわけにはいかない。そのため、敦子の元に泊まりに来ていたであろう和馬のことを話題にしてしまったのだ。

「あぁ、実は熱を出しちゃったみたいでね、昨日は来られなかったのよ」

羞恥に頬を染めていた敦子の表情が曇った。息子のことが心配であることと、最愛の息子の熱い視線を浴びられないことの無念、両方が混ざり合っているかのようだ。

（先生、もしかしたら息子さんになにかしてあげるつもりになってたのかも。だから、当てが外れて残念に思う気持ちもあるのかもしれないな）

「そ、そうなんですか。それは残念でしたね」

熟女教師の心の内を推測しつつ、当たり障りのない答えを返していく。

「ねえ、若宮くん。悪いんだけど、今日もまた、部屋に来てくれないかしら？　もうちょっと、話を聞かせてもらえると、助かるかなぁって」

アパートのエントランスに足を踏み入れた直後、敦子が真剣な面持ちで尋ねてきた。

「えっ、ええ、それはいいですけど」

集合ポスト前を通りすぎつつ、答える。ポスト前をすぎた右側に階段がある。住人が部屋にあがるためのものだ。一階にある若宮家は階段とは反対側の左側にあり、玄関前には専用の小さなエントランスポーチがあった。

「じゃあ、お願いしてもいいかしら？」

「分かりました。じゃあ、鞄を置いたらすぐにお邪魔しますので」

「ええ、待ってるわ。じゃあ、あとで」

お互いにぎこちなさを残しつつ会話を終えると、少し引き攣った微笑みを浮かべた敦子が、そのまま階段をあがっていく。ニット地を突っ張らせているボリューム満点の双臀が、左右に振られながら遠ざかっていった。

（冴島先生のお尻。ママと同じくらいにセクシーだよなぁ……）

チノパン下のペニスが、完全に臨戦態勢を整えてしまっていた。生唾を飲みこみつつ担任教師を見送った健太郎は、硬直の位置を調整するとクルッと向きを変え、自宅の玄関ポーチに近づいていった。

（もしかしたら、また冴島先生と……。イヤ、そんな邪《よこしま》な気持ちじゃ先生に失礼だよな。息子さんのことで悩んでるんだろうし。そうだ、理沙先生にも声をかけてみよう）

玄関の鍵を開けつつ、脳裏に理沙の顔を思い描く。思春期の性を研究テーマとし、現在は近親相姦について調べている理沙なら、敦子に適切なアドバイスができるのではないか、そう考えたのだ。

家に入った健太郎は自室に鞄を置くと、再び外に出た。ポスト横の階段で二階にあがり、二〇二号室のインターホンを押す。

「どうしたの？　今日はお義母さんの学校の文化祭に行ったはずじゃ」

インターホン越しではなく、直接出てきた理沙が不思議そうな顔をした。家庭教師に来るときのような、キャミソールの上にボタンダウンのシャツを羽織り、下は膝上十五センチほどのミニスカート姿である。

理沙の格好にウットリとなった健太郎であるが、共用廊下ではほかの住人に聞かれる可能性もあると考え、玄関に入れてもらい、手短に敦子のことを説明していった。

「ふ～ん。つまり、健太郎くんはあたしに隠れて、担任の先生ともエッチしちゃったわけだ。そういうことは、報告する約束じゃなかったかなぁ。週に二回、健太郎くんの硬いオチンチン、お口で気持ちよくしてあげてるあたしへの裏切り」

「ご、ごめんなさい、理沙先生。あっ、でも、ママとも今日ちょっとあって……」

理沙の口調や悪戯っぽい瞳を見れば、女子大院生が決して怒っているわけではないことが分かる。それでも、優しいお姉さんを欺いてしまった部分は確かにあり、健太郎としては背中に冷たい汗が流れるのを感じていた。そのため、女家庭教師の関心を惹こうと、数時間前にあった、怜子との一件を報告していった。

「わぁ、なかなか大胆なことしたじゃないの」

「う、うん。あの、それで、冴島先生のことなんだけど」

「いいわ、一緒に行ってあげる。実母子による近親相姦、ゾクゾクしちゃうわ」

探求心を刺激されたのだろう、妖しい微笑みを浮かべた理沙は、健太郎の申し出を快く受け入れてくれたのであった。


— 3 —


「あっ、あら、西牧、さん……」

モニター画面をちゃんと見ることも、応答をすることもなく通話を切って玄関に出てきた敦子は、健太郎の隣に立つ西牧理沙の姿に驚きの声をあげた。

「こんにちは」

「こ、こんにちは。若宮くん、これは一体」

「スミマセン、冴島先生。でも、僕よりも理沙先生のほうが、ずっと冴島先生と息子さんのことで、力になってくれると思ったので」

「そう。あっ、どうぞ、おあがりになって」

挨拶はしても、親しく会話を交わした経験がほとんどない理沙の登場に、いまだに戸惑いはあるものの、健太郎なりに考えがあるのだろうと思い直し、敦子は二人を家の中に招じ入れていった。

前回とは違い、今回はテレビ前に置かれた二人掛けのソファに案内していく。センターテーブルにコーヒーを出した敦子は、ダイニングテーブルの椅子の一脚をソファの近くに持ち出し、そこに腰をおろした。

「突然お邪魔をして、ほんとに申し訳ありませんでした。健太郎くんから、冴島さんと息子さんのことを聞いて、お力になれればと。私と健太郎くんのことは、ご存知なんですよね。歌舞伎町の一件を見られていたとか」

「ええ、まあ。若宮くんにお義母さんを卒業させてあげるため、でしたかしら」

「あっ、イヤ、実はそれ、違うんです、冴島先生。本当は……」

敦子の言葉に、健太郎が慌てて訂正をしてきた。それはまさに、驚愕の事実。当初聞いていた内容とは正反対のことであっただけに、その驚きは大きかった。

「じゃ、じゃあ、卒業ではなく、告白する勇気を得るために……」

「はい。でも、実際はなかなか……」

「まあ、そうは言いつつ進展はあるので、健太郎くんのことはひとまず脇に置いて、冴島さんと息子さんのことを聞かせてください」

健太郎と怜子の義母子についての話から、理沙が本題に軌道修正をかけてきた。恥ずかしさを覚えつつ、健太郎にしたのと同じ話を、女子大学院生にもしていく。

「だいたいは分かりました。健太郎くんを息子さんに見立ててセックスをしていることから、冴島さんの中に和馬くんとそのような関係を築きたい、という願望が存在しているのは確かだと思います」

「ちょっ、ちょっと待って。私が息子と、和馬と肉体関係を持ちたがっているなんて、そんなこと、あるわけないじゃないの」

「本当にそうでしょうか？　健太郎くんは、どう思う？」

「えっ、ぼ、僕？　よくは分からないけど、僕を息子さんに見立ててからは、すっごく積極的だったし、エッチも激しくって、とっても気持ちよさそうにしてたけど」

「あぁん、若宮くん、そんなこと、言わないでちょうだい」

突然、理沙から話を振られた健太郎の言葉に、全身が燃えるように熱くなってくる。

実際、和馬に身体を許すという疑似体験は、想像を絶する悦びを与えてくれていた。

「冴島さん、正直にいきましょうよ。これは息子さんのためでもあるんですから。そこでどうでしょう、インセンティブ方式というのは？」

理沙は敦子の態度で本心を読み取ったのだろう、テーブルの上のカップに手をのばし、コーヒーで口を湿らせると、改まった口調でそんな提案をしてきた。

「インセンティブ？」

「そうです。息子さんは受験生ということですし、もし第一志望の高校に合格できたら、そのときはセックスを経験させてあげると宣言するんです」

「高校合格のお祝いに、私が和馬と……」

ズンッと子宮の奥に鈍い疼きが走り抜けていった。背筋にはさざなみが走り、禁断の情景が脳裏に浮かんできてしまう。

（来年の春には、和馬の硬くなったオチンチンが私の膣中に……）

月曜日に、教え子のペニスによってほぼ十年ぶりに目覚めた女裂が、キュンッとなってしまった。頬が燃えるように熱くなっている気配がありありと感じられる。

「そうです。でも、決して単なる出任せの口約束ではない証拠は、示してあげる必要があります」

「証拠、というと？」

理沙の言葉に現実に引き戻された敦子は、真剣な面持ちで女子大院生を見つめていった。理沙の隣では、健太郎も興味深そうに家庭教師の話に耳を傾けている。

「いつもは週末に泊まりに来られているようですけど、その際などに、手で握ってあげるなどして、オナニーの手伝いをしてあげるんです。いまはこれしかダメだけど、合格したら最後までいいのよ、というようなことを囁きながら」

「まっ、毎週末、私が和馬の硬くなったのを……。でも、本当にそんなことで上手くいくの？　つまり、受験が、っていう意味ですけど」

これではどちらが教師か分からないと思いつつも、敦子は理沙に問いかけずにはいられなかった。知らぬ間に、女子大院生の話に引きこまれてしまっていたのだ。

「百パーセントの保証はもちろんありません。しかし、性欲に悩まされる心配をしなくて済むので、勉強の効率があがるのは間違いないと思います」

「そ、そうですか」

(和馬のお勉強がはかどって、その結果として私と和馬が……。確かに理想かもしれ

ないけど、いきなりオチンチンを握って気持ちよくさせてあげる、なんて言えないわ）

息子の視線に女としての部分が刺激されていることは確かであり、和馬にしているつもりで教え子のペニスを握り、しゃぶり、最後には淫唇内に迎え入れてしまっていたのも事実だ。だが、それを実の息子に対して行えるかと言われれば、そこには厳然たる壁があると言わざるを得ない。

「きっかけ自体は、決して難しいものではありません。息子さんに下着のことを持ち出せばいいんです。恥ずかしいかもしれませんけど、息子さんくらいの年齢の子は、自分からいきなり積極的に告白をする、なんて勇気は持てません。特に肉親に対しては。それは、ここにいる健太郎くんを見れば分かると思います」

「えっ、ぼ、僕？」

いきなり名前を出された健太郎が、ビクッとした。

「そうよ。少しは前進できているようだけど、最後までは進めていないんでしょう」

「う、うん。硬くなったのを握ってもらう、なんてこともなかなかできないし。だから、もし冴島先生がしてあげれば、息子さん、すっごく喜ぶと思います」

「そっ、そう？　ありが、とう」

（いままで息子の性について相談に来たお母さんたちにだって、「一過性のものだから問題ありません」としか言ってこなかった私が、和馬のを……。でも、本当にできるの？　若宮くんにしてあげるのとは、わけが違うのに……）

「戸惑われるのも無理はありません。当然のことです。もし、なんの憂いもなく、してあげられる母親がいたとしたら、そちらのほうが問題かもしれませんし」

「ですわよね」

「ええ、それが普通なんですから。でも、いまは冴島さんが息子さんにしてあげることを前提で進めていきます。健太郎くん、ちょっと裸になってくれる？」

「へっ？　はっ、裸⁉」

突然の理沙の言葉に、健太郎の声が完全に裏返っていた。敦子も思わず、驚きに目を見開いてしまう。しかし、ただ一人、女子大学院生だけは平然としていた。

「そうよ。冴島先生の練習台になってもらいたいの。文句はないでしょう？　気持ちいいこととしてもらえるんだから」

「いや、でも、冴島先生の気持ちも」

健太郎が困惑の表情を浮かべて、こちらを見つめてきた。突然のことに、敦子自身もどう対応していいのか分からないところがある。だが、和馬の、ひいては自分のためになるのなら、一歩踏み出してみるべきだろう、という気持ちもあった。

「若宮くんさえ、よかったら、また協力してちょうだい」

「冴島先生……」

「ほら、先生もこうおっしゃってるんだから、あとは健太郎くんの覚悟一つよ」

「わっ、分かりましたよ」

健太郎は一つ息をつくと、ソファから立ちあがった。理沙から、敦子の横に出て脱ぐよう言われ、素直に従っている。

「理沙先生、下だけじゃなく、全部？」

「そうよ。早くしなさい」

家庭教師に促された教え子が、長袖のポロシャツを脱ぎ捨て、次いでチノパンのベルトを外した。ボタンとファスナーを開放し、躊躇いを見せつつ脱ぎおろしてくる。ブリーフの腰ゴムにはシミの痕跡が見受けられるが、まだ勃起はしていないようだ。

靴下を脱ぎ、最後に少年の両手がブリーフの縁に引っかけられた。再び息をついた健太郎が、迷いを振り払うように一気に下着を脱ぎおろしていった。その瞬間、ツンと鼻を衝く独特の精臭が敦子の鼻腔粘膜を震わせてくる。

（あぁん、若宮くんったら、まだ大きくしてないのに、なんてエッチな匂いをさせてるのかしら）

「うふふっ、ずいぶんエッチな匂いさせてるじゃないの、健太郎くん」

「こ、これは、その……」

「いいわよ、別に言わなくても」

(んっ？　西牧さんはこの匂いの原因を知っている？　ということは、ここに来る前に二人で……。いえ、そんなことはないはずよ。一階で別れてから、若宮くんがここを訪れるまで、十分と経ってなかったはずだもの)

健太郎が漂わせている牡の欲望臭と理沙の関係に思いを巡らせている間に、とうの女子大院生はソファから立ちあがっていた。ミニスカートの中に両手を突っこみ、レモンイエローのパンティを脱ぎおろしていく。

「に、西牧、さん、一体、なにを……」

「息子さんは泊まり来たときにいつも、下着を悪戯していると聞いたので、小物として使おうかと。さあ、健太郎くん、触っていいわよ」

敦子の問いに答えた理沙は、健太郎に向き合うとその右手を取り、キャミソールを盛りあげている膨らみへと導いていった。教え子の右手が、胸の膨らみに触れていく。

「ああ、理沙、先生……」

健太郎の口から感嘆の呟きが漏れ、直後、おとなしく頭を垂れていたペニスが一気に充血してきた。見る見るうちに膨張した淫茎は、あっという間に裏筋を見せつけるほどに、隆々とそそり立っていく。

「す、凄い。あっという間に、そんなに大きく……」

思わず驚愕の言葉が出てしまう。敦子の言葉が聞こえたのだろう。健太郎の頬が一気に紅潮し、耳まで赤くなっている。

「もし冴島さんが息子さんに胸を触らせてあげたら、こんなもんじゃないですよ、きっと。もしかしたら、それだけで射精しちゃうかもしれません」

「あぁ、そんなこと、言わないでちょうだい」

理沙の言葉に、艶めいたうめきが漏れ出てしまう。無意識のうちに、右手がニットを押しあげる熟乳に被せられ、量感ある膨らみを揉みこんでしまった。直後、下腹部には鈍痛が襲いかかり、パンティの股布に向かって淫蜜が滲み出したのが分かる。

「冴島先生、色っぽい……」

健太郎のウットリとした呟きが耳に届き、一層子宮が疼いてきてしまう。

「うふっ、いいですか冴島さん。健太郎くんみたいに、こんなに大きく硬くなってしまった息子さんのオチンチンを、こうやって脱いだショーツで……」

理沙はそう言うと、脱いだパンティを健太郎のペニスに巻きつけるようにしていった。少年の腰がビクッと震えたのが、敦子の目にもよく分かる。女子大院生は教え子に乳房を触らせたまま、薄布包みの硬直を優しく扱きあげはじめた。

「うはッ、ああ、理沙、先生……」

「出しちゃダメよ。冴島さんにもしてもらうんだから、さあ、お願いします」

快感に顔を歪めた健太郎に注意を与えつつ、理沙は強張りを解放してしまうと、こちらに顔を向けて促してきた。

「わ、私も？」

「はい。息子さんにしてあげるつもりで」

（また、若宮くんのオチンチンを気持ちよくしてあげるなんて……。でも、私と和馬のためにここまでしてくれているんだもの、だったら、私も覚悟を決めて……）

重々しく頷いてくる理沙と、切なそうに眉間に皺を寄せている健太郎。二人の姿に敦子も覚悟を決めた。乳房を揉んでいた右手を離し、恥ずかしさに頬を染めながらもニットのワンピースの裾をめくりあげて両手を中へ入れていく。腰を左右に振るようにして、ベージュの薄布を脱ぎおろしていった。

「ああ、冴島、先生」

健太郎の感嘆の声が、心地よく脳内に響いてくる。

「また協力してね、若宮くん」

「はい、ママ」

「あぁん、若宮くんったら」

健太郎の「ママ」に背筋をゾクッとさせつつ、敦子は下腹部に貼りつかんばかりの強張りを、脱ぎたての薄布で包みこんでいった。パンティのなめらかな生地越しにもペニスの熱さが伝えられてくる。

(はぁン、本当に教え子のオチンチンをまた……。それにしても、なんて熱くて硬いの。この前はこれが私の膣中に……)

ジュッと音を立てて淫蜜が溢れ出してきた。パンティを脱ぎ、遮るものがないだけに、蜜液が直接内腿を伝ってきてしまう。

「そのまま、優しく扱きあげてください」

「えっ、ええ、分かってるわ」

理沙の言葉を聞く前に、本能的に右手を上下に動かし、硬直をこすりあげていた。

「ああ、ママの生パンティで、ぼ、僕のが……。ダメ、もう、出ちゃいそう」

「えっ、もうなの？　もう少し我慢しなさいよね。冴島さん、息子さんにしてあげるときには、そのままショーツに射精させてあげてください。でも、いまは」

切なそうに眉間に皺を寄せつつ腰を震わせた健太郎に、理沙が驚きの声をあげ敦子に手淫の中断を示唆してきた。言われた通りに、ペニスを握る指から力を抜き、パンティを強張りから剝がしていった。

淫唇が当たっていた股布付近には、健太郎の先走り液によるシミができあがっており、教え子のペニスを薄布で扱いていた背徳感をまざまざと見せつけてくる。

「あっ、そんな、ママ……」

「もう息子さんの役はやめていいのよ、健太郎くん。これからは、きみ個人として気持ちよくなっていいからね。どうですか、冴島さん、二人で一緒に」

「二人でって、そんな、私は……」

「でも、たまらない気分になっちゃいますよね、こんな硬いのを握っちゃうと」

大きめの瞳に蠱惑的な色を浮かべた理沙が、健太郎の前にしゃがみこんだ。なんの迷いもない様子で肉竿の中央を握り、押しさげるようにしていく。そして次の瞬間、口角のあがった魅惑の朱唇を開き、パクンと亀頭を咥えこんでしまった。

「うはッ、り、理沙、先生」

「に、西牧、さん、あなた、なんてことを……」

教え子が天を仰いだのと、敦子が驚きの声を発したのはほぼ同時であった。女子大院生は、首を前後に小さく動かしはじめることで答えとした。

「チュプッ、チュパッ、はむ……」

「ああ、理沙先生、僕、ぐッ、出ちゃうよぅ」

（はぁン、西牧さんったら、ほんとに若宮くんのオチンチンを……。ゴクッ）

下半身のムズムズがどんどん高まってきていた。遮るもののない股間からは次々と淫蜜が流れ出し、いまや膝横のあたりまで垂れ落ちてしまっている。また、口内には健太郎の精液の味が甦り、生唾を何度も飲みこんでしまう。

悩ましげに腰をくねらせた敦子は、強烈な磁力に引き寄せられたように、気づいたときには理沙の真横で膝立ちになっていた。それまでしていた、黒縁の伊達メガネを外し、濡れた瞳で直接教え子を見上げていく。

「冴島、先生はやっぱり、メガネ、してないほうが、くッ、色っぽくて素敵です」

「若宮くん……」

目が合った健太郎の言葉に、胸と股間がキュンッとなってしまった。言葉と快感に蕩けそうになっていた視線に導かれるように、理沙が咥えるペニスへと顔を近づけていってしまう。

「クチャッ、チュパッ、ンプッ、はぁ……」

「あっ、そんな、理沙先生、僕、ほんとにもう出ちゃいそうなのに」

艶やかに頬を上気させた女家庭教師が、硬直を解放してしまうと、少年が切なそうに腰を揺すり立てた。裏筋を見せ、隆々とそそり立つ淫茎は唾液と先走りによって卑猥な照りに満ち、亀頭部分がパンパンに膨れあがっている。さらには、鼻腔粘膜に突き刺さる濃密な牡臭を垂れ流し、三十七歳の熟女の性感をくすぐってくるのだ。

(はン、すっごいわ。ほんとにもう出ちゃいそうだったのね)

恍惚とした表情でペニスを見つめていると、横にいた理沙が蠱惑の微笑みを浮かべ頷きかけてきた。それに対して敦子も頷き返すと、舌を突き出し硬直の右側を根本から亀頭に向かって、すっと舐めあげていった。反対の左側を、理沙が同じように舐めあげていく。

「くふぉッ、あぅ、あぁ、先生！　そ、そんな、二人で一緒になんて……」

「ソチュッ、ペロ、チュパ……」

裏筋を舐めあげると、ツンと生臭い独特の匂いが鼻腔粘膜を震わせ、薄いえぐみが舌先に広がっていった。

「おお、あぅ、ダメ、だよ。ほんとに僕、もう、出ちゃい、そぅ……」

健太郎の腰が小刻みに痙攣していく。少年は支えを求めるように、左手を敦子の頭

部に這わせてきた。横目でチラッと窺うと、左隣で同じく教え子の硬直に舌を這わせている理沙の頭部にも、健太郎の右手が載せられている。

(あんッ、あの匂いだわ。精液独特の匂い。それに舌に感じる我慢汁も、どんどん濃くなってきてる。本当にもうすぐ、出ちゃいそうなのね)

「チュパッ、はむッ、んぅ、ペロペロ……」

健太郎の反応に射精の近さを感じ取りつつ、敦子はペニスに舌を這わせつづけた。若牡の精臭に当てられ、淫欲に脳が支配されていく。肉竿を嬲る舌の動きも激しさを増してしまう。

敦子と同じように肉竿に舌を這わせていた左隣の理沙が、パクンと亀頭部を朱唇に包み、チュパッ、ジュポッ、と張り詰めた亀頭を嬲る粘ついた淫音が耳に届く。

「うふぁッ、くォっ、り、理沙先生、ダメだよ、いまそこを刺激されたら……」

(西牧さんったら、ズルイわ。私だって、若宮くんをもっと感じさせてあげたいのに)

熟れた女の本能が敦子の中で大きくなっていた。すると、その願いが通じたわけではないだろうが、理沙が健太郎の亀頭から口を離し、再び肉竿舐めに戻った。再度、竿部分に舌を這わせる直前、女子大学院生の視線がこちらに向き、小さく頷きかけてきたのが分かる。

(そういうことなのね。今度は私が若宮くんの亀頭を……)

五感のすべてが敏感になり、わずかなアイコンタクトであっても、理沙の伝えようとしたことが瞬時に理解された。敦子は肉竿を舐めあげつつそのまま亀頭までのばすと、肉厚な朱唇を開いていった。躊躇いもなく、張り詰めた亀頭を咥えこんでいく。

「ズチュッ、ジュプッ、じゅるぅン、チュパッ……」

射精寸前まで膨張していた亀頭に舌を這わせ、悩ましく嬲りまわしていく。濃度を増した先走り液が吹きつけられ、その独特の苦さに熟女の性感が煽られてしまう。

「ああ、冴島先生、ダメ、そんな激しく吸いつかれたら、僕、ほんとにもう」

(このままお口に出してもらいたいけど、独り占めは、さすがにダメよね)

教え子の喜悦の声を心地よく聞きながら、敦子は亀頭を解放し、再び肉竿舐めに戻っていった。熱く濃厚な白濁液を欲するように、舌先を小刻みに震わせつつ亀頭裏の窪みを嬲っていく。

「ぐほっ、あぅ、ダメ、出る、出ちゃう、あっ、くっ、出ッるぅぅぅぅッ!」

直後、健太郎の腰が盛大に跳ねあがった。鈴口がクパッと開き、勢いよく欲望のエキスが噴きあがってきた。

「キャッ、はぅ、あんッ、けんた、ろぅ」

「はぁんッ、若宮くんのあっつぃのが、はぁ……」

迸り出た精液が顔面に叩きつけられてくる。その瞬間、子宮がキュンッと震え、大量の淫蜜が秘唇から、ポタッと音を立てフローリングの床に滴り落ちてしまった。

(あぁん、ダメ。この匂いと味だけで、私……)

鼻腔の奥に突き刺さってくる若牡の精臭と、唇に浸入してきた粘液の一部の味わいだけで、敦子は意識が遠のきそうになっていたのであった。


―4―


「はぁ、ハア、あぁ……」

家庭教師と担任教師、二人の先生による同時フェラチオによる射精で、健太郎の腰からは一気に力が抜け落ちていった。膝が抜け、フローリングに崩れ落ちていく。

「もう、健太郎くんったら、いきなり出すんだもん。ビックリしちゃったじゃない」

頬や朱唇に飛び散っていた粘液を手の甲で拭いながら、理沙が艶めいた口調で語りかけてきた。

「スミマセン、我慢、できなくって。冴島先生もごめっ、ゴクッ、さ、冴島、先生?」

家庭教師の悪戯っぽい瞳を見つめ謝罪をした健太郎は、次いで担任教師に顔を向けていった。直後、飛び散った精液を拭おうともせず、恍惚の表情を浮かべている敦子を見て、言葉を途切れさせてしまった。

「うふふっ、冴島さん、もしかしたら軽くイッちゃったのかも。ねぇ、健太郎くん、あたしのことも気持ちよくしてくれる？」

「も、もちろん、ですけど、それって、また理沙先生と……」

「そうよ。なかなか二度目のセックスはしてあげられなかったけど、今日がその二度目よ。正直に告白しちゃうと、いつもきみを気持ちよくしてあげたあと、部屋に戻ってから一人で寂しく慰めてるんだから」

悩ましい流し目で健太郎を見つめてきた理沙は、そう言うと立ちあがり、羽織っていたボタンダウンのシャツを脱ぎ捨て、キャミソールも頭から抜き取ってしまった。ぷるん、と弾むように揺れながら、お椀形の美しい膨らみが姿をあらわした。

「ああ、理沙先生……」

最愛の義母や、すぐそこで恍惚の表情を浮かべている敦子に比べれば、ボリュームダウンしている印象だが、決して小さくはない。手の平からちょっとこぼれ落ちる大きさの美乳は、若々しい張りに満ち、小粒な乳首がツンと上を向いていた。

健太郎がウットリとした目で、女子大院生の双乳を見つめている間に、理沙は躊躇いもなくミニスカートも脱ぎおろしてしまった。敦子の手淫練習に付き合うためパンティを脱いでいたため、楕円形の陰毛がいきなり視界に飛びこんでくる。

「理沙、ゴクッ、先せぃ……。はぁ、僕、また……」

射精直後にもかかわらず、いまだ衰えを見せないペニスが、ピクッと胴震いを起こしてしまう。本能的に右手で肉竿の中央を握ってしまっていた。

「我慢よ。そうしたら、また、あたしの膣中に、ねッ。でもその前に、ちょっとだけ舐めてくれるかしら？」

理沙は右脚をソファの肘掛け部分に載せながら口を開いてきた。大きく脚が開かれた形になり、淫蜜ですでに濡れていた秘唇が惜しげもなく晒されてくる。ニュチュッとした秘裂は、控えめに口を開き、サーモンピンクの肉洞を開陳していた。

「は、はい、もちろんです」

にじり寄るように家庭教師に近づいた健太郎は、左手でピチピチとした内腿を撫でつけながら、右手を細く括れたウエストにあてがい、艶めかしい牝臭の発生源へと唇を近づけていった。まずは舌を突き出し、淫裂を上下にベロンと舐めつけていく。

「はンッ、ぅん、あぁ……」

理沙の総身がピクッと震えた。健太郎の髪の毛に両手の指を絡めながら、腰を切なそうにくねらせてきている。

「ンチュッ、チュパッ、ぢゅちゅっ、チュプ……」

(理沙先生のオマ◯コ汁、ちょっと酸っぱいんだけど、あとを引かれる甘さもあるんだよなぁ。冴島先生のは酸味が強くて、舌にピリッとする感じだし。人によって、味も違うんだな。ママのオマ◯コは、どんな色や形で、どんな味がするんだろう……)

理沙の淫唇を舐めあげつつ、健太郎の脳裏には、まだ見ぬ怜子の秘唇や、そこから湧き出す淫蜜の味わいが想像されてきてしまっていた。

「あぁん、そうよ、上手よ、健太郎くぅン」

「ぢゅちゅっ、チュプッ、はぁ、レロれろレロ……」

理沙の甘い声に気をよくした健太郎が、尖らせた舌先を秘唇の合わせ目で充血していたポッチに這わせると、女子大院生の細腰がビクンと跳ねあがり、髪の毛をクシャクシャに掻き毟られてしまった。

「あんッ、そこはいいのよ。うぅん、気持ちいいけど、あまり好きじゃないの」

(やっぱり、そうなんだ。冴島先生が、理沙先生は膣中派だって言ってたけど)

やんわりとした拒絶に、健太郎は淫突起への愛撫を中断し、再び淫唇へと舌先を戻していった。

「うぅン、あっ！　西牧さんに、わっ、若宮、くん。あなたたち一体……」

「やっと現実に戻ってこられたんですね。ずっと、はンッ、恍惚の顔をされていたのに、どうですか、冴島さんも、ぅン、ご一緒に……」

どこか気怠げなうめきの直後、敦子の驚きの声が鼓膜を震わせてきた。その瞬間、健太郎はビクッと肩をすくませた。それに対して、理沙は甘くかすれた声で語りかける。

「ぷはぁ、あぁ、冴島、先生」

健太郎も家庭教師の股間から顔をあげ、驚きの表情の中に匂い立つ色気を放つ熟女教師を見つめていった。

「いえ、わ、私は……」

「健太郎くんのザーメンで軽くイカれてしまったようですけど、身体の奥の燻りは治まっていないんじゃありませんか？」

「それは……」

悩ましい表情をしている敦子の顔が、一層赤くなった。それは、理沙の言葉が正しく、熟女の淫唇が不満げにヒクついていることを如実に物語っていた。

「先生、僕にさせてください」

「あぁん、若宮くんまで」

「ここまで来たんですから、恥ずかしがるのはやめにしませんか、冴島さん」

「でも……。いえ、そうね。分かったわ。私も、息子のことで、これから西牧さんに色々話を聞いてもらうこともあるでしょうし、若宮くんとは一度しちゃってるものね」

吹っ切ったように敦子が艶っぽい微笑みを浮かべてきた。その色気に、健太郎の背筋にはさざなみが駆け抜け、鈴口からはピュッと先走りが飛び出してしまう。

女教師は両手を背中にまわしワンピースのファスナーをおろすと、ニットの洋服を脱ぎ捨てた。先ほど脱いでしまったため下腹部は裸であり、濃いめの陰毛は晒しているのにブラジャーだけを身に着けている、という卑猥な姿があらわになる。

「ゴクッ、ああ、冴島、先生……」

「あんッ、そんなジロジロ見ないでちょうだい、恥ずかしいじゃない」

口ではそう言いつつ、敦子は身体を隠すそぶりは見せてこなかった。甘く教え子を睨みつつ、ブラジャーのホックに手をかけ、躊躇いもなく最後まで残っていた下着を取り去った。ぶるん、とたわむように砲弾状の膨らみが飛び出してくる。

「うわぁ、冴島さんって胸、大きいんですね。健太郎くんのお義母さんも大きいですし、ちょっと羨ましいです」

「西牧さんだって大きいじゃない。それくらいの大きさが一番いいのよ、本当は」

「でも、健太郎くんは大きいオッパイ、好きよね？」

「えっ、そ、そんなことは……。さあ、冴島先生、脚開いてください。僕、先生の舐めますから」

美人女子大院生と熟女教師が、お互いの乳房を見ながら感想を口にし合っていたのが、突如、標的が変更された。ドキッとした健太郎は口ごもりつつ、理沙から視線を逸らすと、さらに話題を変えるように敦子を見つめて言った。

「あんッ、実はそれ、大丈夫なの。恥ずかしいんだけど、もう、グチョグチャに溢れてきちゃってるから、だから、できれば、すぐにでも……」

「ああ、冴島先生……。理沙先生」

担任教師の言葉に、健太郎はブルッと総身を震わせ、判断を仰ぐように家庭教師を見つめた。

「ええ、いいわよ、先に冴島さんに挿れてあげて。その代わり、あたしのこともちゃんと満足させなさいよ」

「うん、分かった、ありがとう理沙先生。僕、頑張るよ。じゃあ、あの、冴島先生、この前みたいに後ろから」

冗談めかした理沙の言葉に笑顔で答えると、健太郎は立ちあがっていった。四つん這いか、壁やソファに手をついてもらって、後背位での挿入を提案する。だが、意外にも敦子は首を左右に振ってきたのだ。

「今日は和馬の代わりはいいわ。若宮くんに抱いて欲しいの」

熟女教師は先ほど座っていたダイニングの椅子に左脚を乗せてきた。肉厚の淫唇が卑猥に口を開けている様子が、手に取るように分かる。敦子の言葉通り、そこは大洪水であり、ヌチャとした淫蜜が溢れ返って内腿に幾筋もの川ができあがっていた。さらには、淫靡な熟牝臭を放ち健太郎の性感を揺さぶってくる。

「ゴクッ、す、凄い。ほんとに先生のあそこ、グチャグチャになってる」

「あんッ、そんなはっきりと言われると、ますます恥ずかしくなっちゃうじゃない。さあ、来て、若宮くん」

「えっ、来てって、こ、このまま、立ったままで？」

「あたしが誘導してあげるから、健太郎くんは冴島さんと向き合いなさい」

立位での経験がないだけに、戸惑った声と表情になった健太郎に対して、横から理沙が声をかけてきてくれた。

女家庭教師の指示に促されるように、熟女教師にゆっくりと近づいていく。すると、敦子が両手をのばし、健太郎の首に巻きつけてきた。同時に、理沙が二人の真横にすっとしゃがみこみ、下腹部に貼りつきそうなペニスを優しく握りこんでくる。

「うくッ、あっ、あぁ……」

理沙の少しヒンヤリとした指の感触に、背筋が震えてしまった。硬直全体も、悦びをあらわすように胴震いをしてしまう。

「うふっ、すっごい硬くて立派よ、健太郎くん。いまから冴島さんのオマ○コに導いてあげるけど、出しちゃダメよ」

「うっ、うん」

頭をもたげはじめた射精欲求をやりすごすように、肛門を引き締める。切なそうに敦子を見つめた健太郎は、右手を熟女教師の左胸に被せた。砲弾状の柔乳の量感を確かめるように、やんわりと揉みあげていった。

「あんッ、若宮くん」

「先生のオッパイ、大きくて、柔らかくって、とっても気持ちいいですよ」

義母に負けないボリュームの膨らみを愛しげに捏ねあげつつ、健太郎は理沙の引きに合わせ腰を前に進めていく。すると、亀頭の先端がぬめった女肉と接触を持った。

「はぅンッ、若宮くんの、硬いのが当たってきた。あんッ、ダメよ、西牧さん、そんな硬くなった先端でこすられたら、私……」

「先生、そんなふうに腰、くねらせないでぇ。こすられて、僕、出ちゃうかも」

「もう、ダメよ二人とも、腰を動かしちゃ。誘導できないでしょう。ジッとして……ほら、ここよ、いいわよ、健太郎くん、腰を突き出しなさい」

「はっ、はぃ」

奥歯を噛み締めるようにして、淫唇によるこすりあげに耐えていた健太郎は、女子大院生の言葉に間髪容れずに返事をすると、グイッと腰を突き出していった。ンヂュッとくぐもった音を残して、ペニスが敦子の淫裂に押し入っていく。

「ンはッ、あっ、うぅうん、き、来た。若宮くんの硬いのがまた、私の膣中に……」

「うほぅ、あぁ、冴島先生のが、優しく絡みついてきて、気持ち、いい……」

ヌメヌメとした膣襞が柔らかく硬直全体を包みこんでくる感触に、健太郎は腰を震わせた。陰嚢が震え、精製直後のマグマを射精口へと押しあげようとしてくる。

（あぁ、先生の膣中、締めつけ感はないのに、なんでこんなに気持ちがいいんだろう）

本能的に腰を小刻みに前後させる健太郎の眼窩には、愉悦の火花が断続的に瞬きだしていた。

「あんッ、はぁ、素敵よ。若宮くんの硬いので、先生の膣中、抉られちゃうぅ」

クチュッ、ヂュチョッと粘ついた摩擦音とともに、敦子の熱い囁きが吹きつけられてくる。普段は少しキツイと感じる目元が、切なそうに蕩けている様子に、腰骨を震わされてしまう。

「僕も、とっても気持ちいいです。あぁ、ほんとに、出ちゃいそうだ」

腰を振るごとに、熟襞が甘く淫茎に絡みつき優しく扱きあげてくる。それは一見、非常に緩やかなものであったが、熟女の淫洞ならではのしたたかさに溢れていた。

熟女ならではのこなれた膣襞の感触に、射精感が急速に上昇してくる。それでも健太郎は、右手で熟乳を捏ねるように揉みあげつつ、腰を振りつづけていった。

「いいのよ、若宮くん。我慢しないで、先生の子宮に熱いのを注ぎこんでちょうだい」

「ああ、冴島先生。くっ、あぁ」

「あんッ、健太郎くん、出す前にあたしにも、でしょう」

硬直に絡みつく柔襞の感触に陶然となった健太郎が、ラストスパートに入ろうとした直後、それまで黙って二人の性交を見つめていた理沙が、甘い声を投げかけてきた。

熟女教師の蜜壺に深くペニスを押し入れた状態で動きを止め、声のしたほうに目を向ける。すると、ダイニングテーブルに両手をつき、若尻を後方に突き出すようにしていた女家庭教師が、上気した顔をこちらに向けてきていた。

「理沙、先生……」

「来て、健太郎くん。きみが大人になった場所に、初めてモノにしたオマ○コに、一度還ってらっしゃい」

理沙はテーブルから右手を離して股間におろすと、美しい淫唇のスリットに人差し指と中指を這わせ、クパッと女裂を押し広げてきた。鮮やかなサーモンピンクの若襞が、卑猥にくねっている様子が、まざまざと目に飛びこんでくる。

「はっ、はい」

無意識にかすれた声で返事をしていた健太郎は、優しいようでいて実は貪欲な熟女の肉洞から、ゆっくりとペニスを引き抜いていった。

「はぁン、若宮くん、まだ抜いちゃイヤよ。西牧さんとする前に、先生の中で出していきなさい。あんッ、もう……」

敦子の言葉が終わる前に、硬直が抜けきってしまった。それに対して、残念そうな甘い吐息が吹きつけられる。

「スミマセン、冴島先生。すぐに、またすぐに先生に戻ってきますから」

担任教師に言い訳をした健太郎は、全体が卑猥なヌメリと輝きに満ちた硬直の中央を握ると、女子大院生の若壺に向かって歩み寄っていった。

「さぁ、おいで」

優しい囁きとともに、淫裂を左右に開いていた右手が、股の間から後方に突き出されてくる。そこに向かってペニスを差し出すと、すぐに理沙の指が淫蜜まみれの硬直を握りこんでくる。

「うく、あっ、はぁ……」

「もうちょっとよ。もう少しだけ我慢して」

家庭教師の右手が、若壺に向かって強張りをゆっくりと誘導してきた。健太郎は、奥歯を噛み締め、射精をやりすごす。理沙の細腰を両手で掴み、導きに合わせて腰を進めていく。ンチュッ、湿った音を立てて、膣口と亀頭先端が接触した。

(ここだ。いま腰を突き出せば、理沙先生のオマ○コにまた……)

瞬時に理解した健太郎は、理沙の言葉を待つことなく腰を突き出していった。グチョッと音を立て、ペニスが肉洞に押し入っていった。

「あんッ、そんな、いきなり」

「おおッ、理沙、先生のオマ○コにまた、僕……。くっ、絞られてるよぅ……」

敦子と比べると、締めつけ自体が強めであり、小刻みに蠕動する膣襞でペニスを搦め捕られる感覚が強い。

「うぅん、健太郎くんの、すっごい。この前したときより、立派になったんじゃないの。あたしの中が、強制的に押し広げられちゃってる」

「そんなこと、ないと思うけど……」

急速に上昇してくる射精感に耐えつつ、健太郎は早速、腰を前後に動かしはじめた。グチョッ、ズチャッと間髪容れることなく、卑猥な攪拌音が響きはじめる。

（ヤバイ、理沙先生の膣中、冴島先生に比べて締めつけがキツすぎるから、あっという間に出ちゃうかも）

理沙の淫壺は若さが前面に押し出されているかのような正直さで、若襞がペニスにまとわりつき、決して逃すまいと、キュッキュッと肉竿を締めあげてきていた。急速に上昇してくる射精感に耐えつつ、健太郎は必死に律動を繰り返していった。

「はンッ、うん、はぁ、嘘。なんで……この前より、ずっと上手くなってる」

「先生、理沙先生の襞ヒダが、あぁ、そんなきつく、扱きあげないでぇぇエェ……」

キュン、キュンッと締めつけてくる膣襞のこすりあげに陶然としつつ、健太郎は両手を腰から胸元へと移動させていった。腰を動かすごとに、ぷるん、ぷるんと弾むように揺れ動いている美乳に手を被せると、弾力豊かな膨らみを捏ねあげていく。熟女教師とは違う弾力感に、ウットリとなってしまう。

「あん、健太郎、くぅン、素敵よ。きみのオチンチン、あたしのいいところにフィットしてるの」

「理沙先生も、素敵だよ。まさかほんとにまた、先生とできるなんて」

「うふふっ、してあげるわよ、いくらでも。そういう約束だったじゃない。健太郎くんのこと、あたし、嫌いじゃないし。あんッ、嘘、まだ、大きくなるなんて」

女子大院生の言葉に、ペニスが敏感に反応してしまっていた。締まりのいい肉洞を拡張するように、肉竿全体がさらに膨張してしまったのだ。

「先生！　僕も、理沙先生のこと、大好きだよ」

両手に感じる若乳の弾力と独特の柔らかさを堪能しつつ、健太郎は腰の動きを速めていった。ズチャッ、グチョッと生殖器同士がこすれ合う淫音が大きくなっていく。それに比例して射精感が上昇してくる。小刻みな痙攣が断続的にペニスを襲い、陰嚢全体が根本方向に向かって縮みはじめてしまっていた。

「ねぇ、若宮くん。そろそろ、先生の膣中に、戻ってきてちょうだい」

鼓膜を震わせる、濡れた艶声が真横から届いてきたのは、まさにラストスパートに入ろうとする直前であった。

ハッとして、右に顔を向ける。するとそこには、悩ましく上気した男好きのする淫顔があった。きつめに感じる瞳は完全に蕩け、肉厚の朱唇からは甘い吐息を漏らしている。右手を股間におろして、淫裂をなぞりつつ、左手では砲弾状の膨らみを自ら揉みしだいていた。

「さ、冴島、先生……」

「先生の膣中に、戻ってきてくれる約束よ。さあ、若宮くん、来て」

理沙の隣で女子大院生と同じポーズを取った熟女教師が、淫靡に光る瞳を向けてきた。瞬間、ゾワッとしたさざなみが背筋を駆け抜けてくる。

「理沙先生、ごめん。今度はまた、冴島先生に」

「あんッ、もう、しょうがないわね。いいわ、許してあげる。でも、あたしのこともちゃんとイカせてくれないと、ダメなんだからね」

「はっ、はい」

奥歯を噛み締めつつ返事をした健太郎は、若乳にあった両手を細腰に戻し、ゆっくりとペニスを引き抜いていった。ツンと鼻を衝く淫臭と分泌液にまみれた強張りが、下腹部に貼りつかん勢いでそそり立っている。

「じゃあ、冴島先生、いくよ」

理沙から隣の敦子の後ろへと移動した健太郎は、女子大院生よりも数段ボリュームある熟れた双臀を見下ろした。

「ええ、来て」

家庭教師同様、担任教師も股間から右手を突き出してきた。そこにペニスを委ねると、パックリと口を開け、卑猥な粘液を垂れ流しつづけている蜜壺へと、瞬時に導かれる。亀頭先端が、膣口に押し当たったのを確認し、健太郎もすぐさま腰を突き出していった。

「ンはっ、ぐっ、あぁん、若、みや、くンの、あぁん、さっきより大きい……」

「先生、僕、もう出ちゃいそうなんです。だから、最初から激しくして、いいですか」

「もちろんよ。我慢しないで、出してちょうだい」

「ああ、先生!」

熟女の艶腰に両手を置いた健太郎は、肛門を引き締めつつ、腰を激しく前後に動かしはじめた。

ズチャッ、グチュッと湿った摩擦音に、パンッと乾いた打音が混じる。健太郎の腰が、勢いよく敦子の双臀に叩きつけられる音だ。腰がヒップに当たるたびに、熟した尻肉が、ぷるぷると震えるように波立っていく。

「くッ、あっ、うぅぅ、はぁ、先生、先生……」

健太郎はボリューム満点のヒップに腰を叩きつけながら、うわごとのように何度も呟いていた。理沙に比べ、締めつけが数段緩やかであったこともあり、一息つくことができたつもりでいた。

だが、それは大きな間違いだった。確かに締めつけは緩やかであったが、百戦錬磨の熟襞がしっかりと硬直に絡みつき、自身の欲望を満たすように妖しく蠕動しつづけていたのだ。律動を激しくしたことによって、硬直を襲う快感は前回の比ではない。うねる膣襞が高速で肉竿を扱きあげ、亀頭を撫でてくる。

「あんッ、はぅ、あぁ、すっごい。若宮、くん、はげ、しぃ……。襞が、くぅン、抉られ、るぅぅぅぅン。はぅ、ダメ、わ、私ももうすぐ」

「ぐほッ、くっ、あぁ、出る、僕、もう、ぐッ、出ッるぅぅぅぅうッ！」

視界が一気にホワイトアウトしていく。睾丸が根本に体当たりをし、その衝撃で射精口が開かれた。

ドピュッ、ずぴゅ、ドクッ、どぅぴゅん……。

「くっ、あん、熱いのが、若宮くんのが子宮に、ダメ、私も、先生も、はぅ、イッちゃうぅぅぅぅッ！」

直後、敦子の全身にも痙攣が起こった。肉洞がキュンと締まり、うねる柔襞が一層強くペニスを締めあげてくる。

「おぉ、先生、くっ、締まりが強くなって……。あぁ、僕、まだ、出ます」

熟女の絶頂に合わせた熟襞のうねりに、腰の痙攣が断続的に起こる。五回、六回と脈動するごとに、大量のマグマを子宮口に送りこんでいく。

「いいわ、全部。若宮くんの濃厚ミルク、全部、先生の膣中に置いていって」

「ああ、すっごい。僕、ほんとに冴島先生のオマ○コに、射精しちゃってるんだ」

鋭い淫悦に目眩を起こしそうになりつつ、健太郎は小刻みに腰を律動させていった。

担任教師の蜜壺に精を放っている事実が、さらなる興奮を呼んでしまっている。

「あんッ、ダメよ、健太郎くん。あたしの分も残しておいてくれなきゃ、許してあげないんだからね」

快感に蕩けた脳に、拗ねたような理沙の甘い声が反響してきた。霞む瞳で横を向いてみると、パッチリとした瞳を切なそうに細め、真っ直ぐにこちらを見つめてきている。その媚顔に背筋がゾワッと震え、敦子の肉洞に埋没したままのペニスが、ピクッと跳ねあがってしまう。

「すっ、すっごい。まだ、跳ねるなんて……」

「健太郎」

「分かってるよ、理沙先生。すぐに、理沙先生にも気持ちよくなってもらうから」

十五回近くの脈動の末、ようやく射精が治まった。腰の気怠さを感じつつ、健太郎は敦子の淫壺からペニスを引き抜いた。べっちょりと淫蜜と精液で濡れた硬直は、湯気を立ちのぼらせるように、濃厚な精臭を振り撒いている。

「はンッ、若宮くん。もっとゆっくりでもいいのに」

「ごめんなさい、冴島先生。理沙先生との約束だから。でも、とっても気持ちよかったです」

「ほら、健太郎くん。来て。さっきからずっと、膣中がウズウズしっぱなしなの」

敦子の耳元に唇を寄せ、熱い吐息混じりに囁きかけていると、理沙が急かすように健太郎の腕を掴んできた。

「うん。ごめんね、遅くなって。理沙先生にもいっぱい気持ちよくなってもらえるよう、頑張るからね」

再びテーブルに両手をついた家庭教師の後ろにまわりこんだ健太郎は、べっちょりと濡れた肉竿を握り直すと、ヒクヒクと蠕動している若壺に向かってペニスを近づけていくのであった。

第五章　初めての相姦　メイドママのエッチなご奉仕

―1―

（十一月に入ると、急に寒い日が来たりするよなぁ。今日もおでんがよく出たし）

土曜日の午後六時すぎ、バイトを終えた健太郎は、家路を急いでいた。火曜、木曜、土曜の三日間、健太郎は駅前のコンビニエンスストアでアルバイトをしていた。火曜、木曜は放課後の三、四時間、土曜日は朝から午後五時までである。月に六万円弱にしかならないが、どうしても買いたい物があったのだ。

（土曜のバイトをやめて、週に二日だけにすれば、ママとすごせる時間が増えるんだけど、それだとお金が貯まらないし、痛し痒しなんだよなあ）

土曜日は怜子の学校も授業はないため、朝から一緒にすごせる貴重な日なのだが、長時間バイトにも入れる稼ぎ時でもあった。

（ああ、早くママの顔が見たい）

バイトが終わった時点で、義母には電話でこれから帰る旨を伝えていた。帰宅に合わせて夕食を出してくれる怜子への必要な連絡であると同時に、なにか必要な物があれば、ついでに買い物をして帰ろうという思いもあって、土曜日のバイト帰りはいつもそうしていたのだ。

『今日はなにもないわ。気をつけて帰ってくるのよ、待ってるから』

(ママの声、いつもより甘い感じがしたんだけど、気のせいだよな)

文化祭で思いの丈をぶつけて以降、義母子の関係には変化がみられていた。毎晩、怜子がペニスを握ってくれるようになったのだ。しかし、それは息子の想いに応えるため、というよりは、それで勉強に集中できるのなら、という理由であった。

それでも健太郎としては充分にありがたく、帰宅の足も自然と速まってしまう。いつの間にか駆け足になっていた。そのまま自宅まで走って帰る。エントランスで立ち止まり、急いで帰ってきたのを悟られないように、深呼吸をして息を整えていく。

「ふぅ」

一つ息をついてから若宮家専用のポーチを抜け、玄関扉を解錠していった。解錠といっても、電子キーを採用しているため、小さな楕円形の鍵についた解錠ボタンを押すだけである。瞬時に、カチャンッという音を立て、玄関のロックが外れた。

「ただいッ、ま……」

玄関内に足を踏み入れた瞬間、健太郎は言葉を呑んだ。そこには信じられない光景が広がっていたのである。なにも言えず、呆然としている後ろで、玄関扉が閉まり自動的にロックされた音が響いてきた。

「お帰りなさいませ、ご主人さま」

なぜか学園祭のときと同じメイド服を着た義母が、艶めいた笑みを浮かべて頭をさげてきている。

コルセットによってウエストが絞りこまれ、乳房の膨らみを強調する紺のエプロンドレス。ヒラヒラとした生地が何層にも重なり、ボリューム感満点のマイクロミニ丈のスカート。黒のニーハイソックスとスカート裾の間に存在する、むっちりとした太腿による「絶対領域」。

「マっ、ママ……一体、これは……」

なんとか絞り出した声は、驚きにかすれてしまっていた。頭で感じている驚きとは別に、ジーンズ下では早くもペニスが鎌首をもたげてしまいそうになっている。

「いいから、あがりなさい。お話はリビングでね」

「う、うん」

まったく状況が理解できないまま、健太郎は義母に促される形で靴を脱ぐと、怜子のあとにつづいてリビングへと向かっていった。普段はダイニングテーブルに夕食の食器が並んでいるのだが、なぜかこの日はなにも置かれていない。

(ほんとにどうしたんだろう?)

促されるままソファに座る。向かい合わせに置かれたソファに、怜子が黙って腰をおろしてきた。常にはない緊張感に、健太郎は落ち着きなく腰をもじつかせていた。

それでも視線は、若母の下半身に向いてしまうのだから、どうしようもない。

ヒラヒラのマイクロミニスカートはさらに裾をずりあげ、むっちりとした太腿の外側などは、付け根付近まで露出してしまったのでは、と思えるほどになっている。

「ねえ、健くん。単刀直入に聞くけど、あなた冴島先生とも、エッチしたそうね」

「えっ⁉ あっ、イヤ、そんな、それは、ぇぇぇぇ……」

突然の怜子の言葉に、ハンマーで頭を横殴りされたような衝撃を覚えた。義母の艶めかしい姿をウットリと眺めているような場合ではない。

(どうしてママがそんなこと知ってるんだ⁉ 誰がママに……。まさか理沙先生? でも、なぜ? そんなことママに言ったら、母子相姦計画は破綻しちゃうんじゃ……)

担任教師である敦子が、教え子との肉体関係を告白するとは思えない。であれば、大学院で思春期の性を研究している理沙ということになる。しかし、だとしてもその思惑がまったく理解できなかった。

「なにをビックリしてるの。ふふっ、正直に言いなさい。理沙さんから全部、聞いて知ってるんだから」

「理沙、先生、が……」

「ええ」

頷いた義母から、理沙が健太郎に母子相姦をけしかけた二日後の水曜日にやって来て、健太郎との話を全部していったことが始まりだと聞かされた。

(じゃあ、成績アップのご褒美での初体験のことも全部……。あっ！　ということは、同じ日に胸に触らせて握ってくれたこととかも全部、僕と理沙先生とのことを知った上でのことだったのか)

学園祭の日のことは、恐らく怜子にとっても予想外であったと思われる。しかし、それ以前のことについては、理沙から話を聞き、息子が勉強に集中できるようにという義母なりの気遣いだったのかもしれない。それは最近の手淫奉仕でも明らかだ。

(そうじゃなきゃ、真面目なママがあんなエッチなことさせてくれるわけないもん)

「でもビックリしたわ。冴島さんに中学生の息子さんがいることは知っていたけど、まさか健くんと同じようなことしていたとはね」

「うん」

義母がどこに話を持っていこうとしているのか、いまだ健太郎には確信が持てずにいた。少なくとも、怒っていないことだけは、メイド服を着て出迎えてくれていることからも分かる。

「さっき理沙さんが訪ねてきたんだけど、どうやら冴島さん、昨日の夜から泊まりに来た息子さんに、高校合格のお祝いに初体験をさせてあげるって約束をしたそうよ」

「えっ、昨日から泊まりに？」

いつもは土曜に訪れてきているという敦子の息子。しかし、怜子の話を聞く限りでは、どうやら一日前倒しで泊まりに来ているようだ。

「先週、体調を崩して泊まりに来れなかったから、今週は一日早く、金曜日の学校が終わってからこちらに来たんですって。鍵は渡してあったそうだし」

先週、敦子の息子が来ていないことはもちろん知っている。なにせ、理沙と敦子との3Pに興じたのが、その和馬のいない日曜日だったのだ。先週のその時間を取り戻そうと、中学生の少年が一日早く母親の元を訪ねたとしても、不思議ではあるまい。

敦子が息子にどのように話をしたのかは知らないが、近親相姦を約したというのは事実なのだろう。なんらかの方法で理沙に報告をし、義母が伝え聞いたに違いない。

（冴島先生、本当に息子さんとそんな約束をしたなんて、凄いな。息子さん、和馬く

んだっけ？　すっごく勉強頑張るだろうなぁ。ああ、僕もママとセックスがしたい）

「ところで、健くんも来年は受験生ね」

敦子の息子に羨望を覚えていると、突然、義母が話題を変えてきた。

「えっ、うん、そうだけど……。あっ、もしかしてママ、冴島先生と同じことを」

大学合格祝いでのセックス、という言葉が脳裏をよぎった。しかし、大学受験自体は再来年である。一年以上、待ちぼうけを食らってしまうのだ。

（いや、それでもいい。いまは毎日、手でしてもらえるけど、プラスして、大学合格のお祝いとして、ママと最後までエッチができるなら、さらに勉強を頑張ってみせる）

健太郎が決意を固めようとしていると、さらなる言葉を義母が紡いできた。

「それも考えたわ。でも受験までは一年以上ある上に、健くんはすでに理沙さんや冴島先生と。だから、ママも覚悟を決めてって思ったのよ。手だけではなくって、でも、まだ足りないみたいなの。だから、今夜は健くんのメイドになって、それで……」

「僕の、メイド……」

健太郎の背筋が震えた。義母の言うことのすべてを理解できたわけではない。しかし、なんとも淫靡な響きに本能が反応してしまうのだ。

「ええ、そう。今夜ママは健くんの、ご主人さまの忠実なメイド。だから、なんでもご命じください。精一杯、ご奉仕させていただきます」

「ごっ、ご命じって、それって、今夜はなんでも僕の言うことを聞いてくれるってこと？　その、いつもの手だけじゃなく、もっとエッチなことでも」

健太郎は、思春期の少年ならではの、ストレートな問いかけをしてしまった。早くも息があがってしまいそうであり、意味もなく何度も生唾を飲みこんでしまう。

「もちろんですわ、ご主人さま」

「ああ、ママ……」

「ママ、じゃありません。怜子、とお呼びください。お食事になさいますか？　お先にお風呂？　それとも……」

蠱惑的な微笑みを浮かべた義母が、艶めいた瞳で真っ直ぐにこちらを見つめてきた。鼻の奥にツンッと痛みが走り、興奮のあまり鼻血を噴き出させてしまいそうだ。

（ママ、本気なんだ。本気でいまだけは、僕のメイドに……。だったら僕も、ご主人さまとして、いっぱいエッチな要求してもいいんだ。あっ、でも、待てよ。あまりエッチなことばかり言って、ママに嫌われたら困るなぁ……）

「どうなさいました、ご主人さま。ご命令を」

「えっ、あっ、うん。じゃあ、あの、お風呂にしようかなぁ。背中、流してくれる？」

「かしこまりました。では、脱衣所に参りましょう」

艶然と微笑んだ怜子が、すっとソファから立ちあがり、健太郎に手をさしのべてきた。興奮と緊張で小刻みに震える右手を出す。若母のほっそりとした指の感触に背筋を震わせつつ立ちあがると、手を繋いだ状態で脱衣所へと導かれていった。


―２―


「お洋服をお脱がせいたします」

「あっ、待って、ママ、じゃない、怜、子。あの、先に裸になってくれる？」

息子が着ていたボタンダウンのシャツに手をのばした怜子に、健太郎はかすかに頬を染めつつも期待の色を目に浮かべ、おずおずと尋ねてきた。

（もう、健くんったら、そんなに早くママの裸が見たいのかしら。ふふっ、でもいま私は、健くんのメイド。ご主人さまの命令には従わないといけないわね）

健太郎が理沙のみならず、担任教師でアパートの住人でもある敦子とも肉体関係を持った事実は、怜子に少なからぬ衝撃を与えた。

敦子への怒りと同時に、どこか息子に裏切られたような気分にもなったものだ。しかし、報告にやってきた理沙から、敦子の息子が健太郎と同じことをしていることを聞かされると、それも少しは緩和された。だが、大切な息子を奪われた感覚は消えず、かといって健太郎に完全に身体を開く覚悟も決められなかった。

（冴島さんは、息子さんとの関係を一歩前進させたようだし、私と健くんはさらにその一歩先を。でも、どうすれば、健くんの真剣な想いに応えてあげられるのかしら）

学園祭時の、健太郎の大胆な行動を思い返した直後、浮かんだのが学園祭で着用したメイド服だったのだ。一夜限りのメイドとして息子に抱かれる。実態は近親相姦でも、表面的には主従関係。一種のコスチュームプレイ、もしくはストーリープレイであり、「母親」としての面が出ない分だけ気持ちが楽になるような気がしたのである。

「あの、ママ……」

「ママじゃありません。ご主人さま、ちゃんと覚えてくださいね。怜子はご主人さまのメイドなんですから。では、失礼して、先に裸にならせていただきます」

（恥ずかしがってちゃダメよ。せめて今夜は、私の身体で健くんを満足させてあげないと。でも、理沙さんや冴島さんのほうがいいって思われたら、どうしよう……）

メイド服のボタンに手をかけつつ、怜子は乙女のような感覚に囚われていた。

身体にはそれなりの自信を持っているつもりだ。釣り鐘状に実った豊満な乳房。無防備なまでにツンと張り出したヒップ。三十路を迎えてなお細く括れた腰回り。長く美しい脚に、むっちりと脂の乗った太腿。どこを取っても、平均以上のものであろう。未亡人と知って言い寄ってくる男が多いのも事実だ。

(でも、健くんが満足してくれなきゃ、なんの意味もないわ)

ゆっくりと肩からエプロンドレスを抜き取りつつ、健太郎の様子を窺った。息子は期待に目を輝かせ、真っ直ぐにこちらを見つめてきていた。正確には、あらわになった胸元、煽情的な真っ赤なブラジャーに包まれた乳房に、視線を張りつかせている。

(絶対に大丈夫。健くんはきっと、私の身体に満足してくれるわ)

健太郎の熱い視線を勇気に変え、怜子はエプロンドレスを足元に落とした。ブラジャーのみならず、パンティも真っ赤な一品であり、ふんだんに使われたレースの隙間からは、ヘアが完全に透けて見えてしまうほどであった。

「ああ、ママ……」

「もう、ママじゃないって、言ってるのに」

クスッと小さく微笑んでしまう。いまの怜子は、真っ赤なランジェリーに、黒いニーハイソックスだけという、なんともアンバランスな姿をしており、それが健太郎の性感を激しく揺さぶっているらしいことが、手に取るように分かった。

「あっ、ごめん。うっうん、じゃあ、怜子、早く邪魔なブラジャーを取って、その大きなオッパイを見せなさい」

「かしこまりました。ご主人さま」

艶っぽく微笑み、怜子は背中に両手をまわした。豊満な乳房を支える、幅広ベルトの三段ホックをプチンと外してしまう。ゆっくりと焦らすように、ブラジャーを抜き取っていく。たっぷん、と悩ましく揺れながら、Hカップの膨らみが息子の視線に供せられていった。

「す、すっごい、ママ、じゃない、怜子のデカパイ……」

「あぁん、そんな恥ずかしい言い方なさらないでください、ご主人さま」

息子の視線が真っ直ぐに、釣り鐘状の膨らみに突き刺さってくる。その熱い眼差しに、子宮に鈍痛が走った。未亡人になって以来、一度も男性を受け入れたことのない膣襞が妖しく蠕動し、パンティの股布に向かって蜜液を滴らせてしまう。

(まさか、生の胸を見つめられただけで、こんなになるなんて……。でも、あんなに熱く見つめられたら誰だって……。今日の私は健くんのメイド。健くんにもっと興奮してもらうために、うんとエッチになってみようかしら)

怜子の中でコトリと音を立て、知的な美母から痴的な艶母へのスイッチが入った。

「私の胸、気に入ってくださってるんですね」

「うん。ずっと、憧れだったんだ。いつか、思いきり触ってみたいって……」

「ご主人さまのための膨らみですから、お好きになさっていいんですよ。でも、こちらにも興味がおありなのではないでしょうか？」

怜子は煽情的なパンティの縁に両手の指を引っかけると、悩ましく腰を左右に振り、必要以上に双乳を揺らしながら、薄布を脱ぎおろしにかかった。ふんわりとした細毛の陰毛が姿をあらわした瞬間、健太郎が生唾を飲む音が大きく鼓膜を震わせた。

（あぁん、健くんに、息子にあそこの毛を見られちゃってる）

背徳的なさざなみが背筋を駆けあがっていく。ジュッと漏れ出た淫蜜が、離れる寸前の股布に新たなシミを作り出してしまった。

「あぁ、ママ、き、綺麗だ……」

薄布から脚を抜き取り、ニーハイソックスだけの姿になった義母に、息子は熱い眼差しと憧憬の囁きを投げかけてきた。さらには、怜子が脱がせてやるつもりであった洋服に手をかけ、自分で脱ぎだしてしまっている。

「あっ、服は、私が」

「いいんだ、もう、我慢できないよ。だから、ママも早く靴下を脱いで」

シャツを投げ捨てるように脱ぐと、せわしなくジーンズのボタンに手をかけ、脱ぎおろす過程で靴下も一緒に脱いでしまった。ブリーフ一枚になった息子の股間は、驚くほど大きく盛りあがり、ペニスが完全勃起の状態にあることを伝えてくる。

「すっ、凄い。もう、そんなに、大きく……」

「当たり前だよ。大好きなママの裸を見てるんだから。早く靴下脱いでよ」

ブリーフに手をかけた健太郎が、哀願する口調と視線で、怜子を見つめてきた。

「そっ、そうね」

（もう、健くんったら。これじゃメイドさんじゃなく、普通のママじゃない。でもまあ、いいわ。健くんがこんなに興奮してくれるんなら、なんでもいい）

膝上の黒い靴下に手をかけながら、怜子の心にも変化が訪れてきていた。建前はともかく、本音としては息子に抱かれたがっている自分を認識しつつあったのだ。右脚、左脚と順にニーハイソックスを脱ぎおろし、ついに健太郎に全裸を晒す。

すると待っていたかのように、健太郎がブリーフをずりさげてきた。ぶんっ、と唸るようにして、硬直が下腹部に貼りついていく。

「あぁ、なんて、大きくて、立派、なの……」

裏筋を見せ、隆々とそそり立ったペニスは、亀頭こそ可愛いピンク色をしているもののの、カリ首は充分に張り出し、肉竿部分には太く血管が浮きあがっている。文化祭の日以来、毎日握っている強張りであったが、見るたびに惚れ惚れとしてしまう。

「さあ、ママ、入ろう。ママのその大きなオッパイで、僕のこいつを洗ってよ。してくれるよね？　だって、ママはいま、僕専用のメイドさんなんだから」

健太郎が右手首を掴んできた。逸る気持ちを抑えられないといった様子で、そのまま浴室へと近づいていく。

「ええ、してあげるわ。あなたが望むことなら、どんなことだって、してあげる」

息子の手に引かれるようにして浴室内に足を踏み入れた怜子は、母親の顔でも、メイドの顔でもない、成熟した大人の女の顔で頷いていたのであった。

「じゃあ、まず背中から」

「背中はいいよ。僕はママのオッパイで、こいつを洗って欲しいんだから。ねっ、いいでしょう、ママ、じゃないな。怜子、早くそのデカパイを使って、こいつを気持ちよくするんだ」

「うふっ、かしこまりましたわ、ご主人さま」

腰を突き出すようにして、哀願から命令へと口調を変えた息子に微笑むと、その背中に豊満な乳房を押しつけるようにして耳元で囁いた。柔らかな膨らみが背中で押し潰される感覚に、緩やかな愉悦が襲い、腰が悩ましくくねってしまった。

（でも私、胸でしたことないのよね。以前、健くんが硬くなったのを挟んできたことがあったけど、谷間に挟んで扱いてあげればいいのよね。あっ、でもあのときは、こすられて胸の内側が熱くなったわ。なら、なにかすべりがよくなるもので……）

左右に目を走らせた怜子の瞳に、ボディソープのポンプが飛びこんできた。右手でポンプヘッドを押し、左手の平に乳白色のソープ液を受けていく。

「もうしばらくお待ちくださいね。すぐに怜子のこの膨らみで、ご主人さまの逞しいオチンチンを、洗わせていただきますから」

健太郎の正面に膝立ちとなった怜子は、蠱惑的な笑みを息子に送ると、左の手の平に右手を重ね合わせた。軽く両手をこすり合わせ、右手の平にもソープ液をまぶしつけ、そのままたわわな膨らみの谷間にこすりつけていった。

にゅるん、ニュルッと豊乳を撫でるようにしていく。すると、撫でた部分にうっすらとソープ液の膜が張り、照明に反射して艶やかな光沢を放つ。

「ああ、ママ……」

悩ましく揺れる乳房に視線を張りつかせた健太郎が、感嘆の呟きを漏らしてきた。

「うふっ、すぐですからね」

下から量感豊かな膨らみを持ちあげ、ボリュームをさらに強調させるようにしつつ、怜子は豊乳を揉みしだいてみせた。両手の親指と人差し指で、球状に硬化している乳首を摘みあげ、上目遣いに息子を見つめながら、クニクニと捏ねまわす。

「あっ、あぅンっ」

ザワッとした愉悦が背筋を震わせ、肉洞がキュンッと反応していく。さらに、鼻からは艶めかしいうめきまでが漏れてしまっていた。

「ママ、もう我慢できない。早く、ママのオッパイに……」

健太郎の右手が下腹部に貼りつきそうなペニスを握り、上下にこすりはじめた。

「あぁん、ダメですわ、ご主人さま。ご主人さまの逞しいオチンチンは、怜子のこのオッパイの谷間で気持ちよくして差しあげますから。さあ、どうぞこの谷間に、挟みこんできてください」

怜子は乳房から手を離すと、ユッサユッサと重たそうに膨らみを揺らしながら、健太郎ににじり寄った。胸の外側に両手を這わせ、いつでも挟みこめる体勢を作る。

「う、うん」

肉竿の中央付近を握った息子は、ペニスの先端を押しさげるようにして一歩前に踏み出してきた。それだけでもう、パンパンに張り詰めた亀頭と乳肉が接触しそうになる。さらに小さく半歩、健太郎が進んだ。直後、ソープ液でぬめる膨らみの谷間に、鈴口が接触した。

「あっ」

健太郎が腰を震わせ、小さなうめきを漏らす。怜子も腰が震えそうになりながらも、膨らみの外側から圧迫を加えていった。逞しい強張りが、完全に谷間に埋没する。

「うはッ、あっ、くぅ、マ、ママ……」

「あんッ、あっついわ。健くんのオチンチン、とっても熱くて、そして硬い」

メイドの役を忘れ、思わず母としての言葉となってしまった。なめらかな乳肉を通して、健太郎のペニスがピクピクッと小さく震えているのがよく分かる。

(健くんも、気持ちいいと思ってくれてるんだわ。だったらもっと、さらに気持ちよくしてあげなきゃ)

「どうですか、ご主人さま。怜子の胸は、気持ちいいですか?」

乳房を外側から上下に揺さぶるようにしつつ、怜子は息子を見上げた。ソープ液によるヌメリが充分にあるだけに、乳肉の内側で勃起ペニスをこすりあげても摩擦を感じることなく、非常にスムーズだ。

「き、気持ちいい。ほんとにママのオッパイに僕のが……。凄いよ、これ。僕、すぐにでも出ちゃいそう」

「いいんですよ、出してくださって。今夜は何度でもご奉仕させていただきますから」

乳肌を焼く硬直の熱さに陶然としながら、怜子は双乳の位相をずらすように互い違いに揉みあげていった。チュッ、チュクッと粘ついた摩擦音が沸き起こり、漏れ出した先走り液とソープ液が混ざり合い、泡立ちはじめている。

「ンぅ、はぁ。オッパイを硬いのでこすられていると、私まで変な気分になっちゃう」

ボディソープの匂いに混じって、若い牡の精臭も鼻腔粘膜をくすぐってきていた。その芳香に触発されたように、子宮が再びキュンとなってしまう。湧き出した淫蜜が内腿を伝い落ちていく感覚が、怜子の性感を一層刺激してくる。無意識に太腿同士をこすり合わせ、かすかな刺激を送りこんでしまったほどだ。

(はぁン、ダメ、私のほうがほんとにたまらない気持ちになってきちゃってる)

甘い吐息を漏らした怜子は、悩ましく蕩けた眼差しで息子を見上げていった。すると、完全に蕩けきった目をした健太郎が、恍惚とした表情で見つめてきていた。義母の視線と目線を絡ませた刹那、息子の腰がビクッと震え、谷間に挟みこんだペニスが小さく痙攣を起こした。

「ああ、ママ、ダメだ。くっ、ほんとに、僕、出ちゃい、そう……」

「いいのよ、出して。ママの、怜子のいやらしく大きな胸に、ご主人さまの濃厚なミルクを、たっぷりとお恵みください」

　ラストスパートをかけるように、怜子は豊乳の外側に這わせた両手を激しく上下させていった。たまにピョコッと顔を覗かせる亀頭の鈴口からは、絶え間なく先走り液がこぼれ落ち、牝の欲望を刺激する淫臭が、さらに濃く漂い流れてくる。

　ヂュッ、グヂュッと粘ついた扱きあげ音が大きくなる。逞しい淫茎の熱さに、乳肉が溶かされてしまいそうなほどだ。ソープ液はいまや完全に泡立った状態で、胸の谷間からは鼻を刺激する精臭混じりのシャボンが溢れ返ってきていた。

「おお、ママ、出る。僕、もう、あっ、あぁぁぁぁぁッ！」

　乳肉の内側に感じていた強張りが一段と膨張したのと同時に、浴室内に健太郎の絶叫が反響した。直後、ビクンッと大きくペニスが跳ねあがり、泡立ったボディソープを突き破るようにして、大量の白濁液が噴きあがってきた。

　ドピュッ、ずぴゃっ、ドク、どぴゅぴゅん……。

「キャッ、す、凄い、なんて量なの。あぁん、それにこの匂いを嗅いでいるだけで」

　迸り出たマグマの第一弾は、怜子の顎を直撃した。顎を引いた瞬間、第二弾が今度は鼻の頭に体当たりをしてくる。ボディソープの香りの奥から、快楽中枢をくすぐる濃厚な欲望のエキス臭が立ちのぼってきていた。

「はぁん、こんなに濃いのが、たくさん。これだけでママ、イッちゃいそうよ」

蒸れた浴室内に立ちこめる濃密な精臭に、艶めいた言葉を発した怜子であったが、意識は半ば飛んでしまいそうであった。それでも、牝の本能が谷間に挟んだペニスへ、乳圧を加えつづけていく。

「おおっ、ママ、ママ……」

「いいのよ、もっと、もっと出して。健くんの精液、ママにもっとかけてちょうだい」

鼻や頬を直撃したシャボン包みの精液を拭うこともせず、怜子は完全に蕩けきった瞳で悩ましく息子を見上げていた。

(欲しい。この硬いオチンチンでいっぱい、内側からいっぱいズンズンしてもらいたい。母親としては失格だけど、それでも私はこの健くんの、息子の硬いオチンチンが……。もし挿入されたらそれだけで……。健くんのオチンチン挿れられたら、その瞬間にはしたなくイッてしまうかも……)

怜子の脳は完全にピンクの靄で覆われていた。肉洞が切ないほどに蠢動し、止めどなく淫蜜が溢れ返っている。太腿同士を軽くこすり合わせているだけで、チュッ、クチュッと淫らな蜜音が聞こえてくるほどだ。

「なんて、エッチなんだ。こんなエッチな顔のママ見るの、ぐッ、初めてだよ。ああ、出る。ママのオッパイに、搾り、出されるぅぅぅぅ……」

「出して。健くんの精液、全部ママにちょうだい。理沙さんや冴島さんではなく、全部をママに」

　禁断の言葉が自然と紡ぎ出されていた。それに反応したように、さらなる欲望エキスの放出を胸の谷間に感じる。熱くて硬い牡の欲望器官の感覚に、怜子も半ば絶頂感を味わっていたのであった。

—３—

「うぅん、はぁ、あぁン……」

「すっごいエッチだよ、ママ。それにしても、凄く綺麗なオマ○コしてるんだね。信じられないくらいに、透明感に溢れてるよ」

（ああ、早くママの膣中に挿れたい。でも、もう少し、ママに恥ずかしい思いをしてもらうのも悪くないよね。だって、今日だけなんだから）

　健太郎はベッドの上で繰り広げられている義母の淫戯に、感嘆の言葉をかけた。両脚を大きく広げた怜子の右手中指が、美しい淫裂の中に潜りこみ、小刻みに動いている。さらに左手は豊満な乳房に這わされ、量感を確かめるように捏ねあげていた。

（でも、本当にオナニーを見せてくれるなんて、思わなかった。それに、オマ〇コもとっても綺麗で、理沙先生にも負けてないくらいの透明感だよ）

淫蜜でキラキラと光る秘唇を見つめ、ウットリとした気分になる。溢れ出した蜜液で淫猥な光沢を放っている秘唇は、陰唇のはみ出しもわずかで、申し訳程度に口を開けていた。そこから覗く蜜壺内では、細かい柔襞がくねっている様子が垣間見え、健太郎の性感を刺激しつづけてきている。

浴室内でパイズリ射精をしたあと、健太郎はすぐに義母の寝室への移動を提案した。浴室内でそのまま最後まで、という考えも脳裏をよぎったのだが、やはり美母との初めてのセックスはベッドで、という気持ちに傾いたのだ。そして怜子の寝室に移った直後、オナニーをして見せて欲しいと頼んだのである。

「あんッ、そんなジッと見ないで、ただでさえ恥ずかしいのに……」

「あれ、メイドさんが口答えしちゃダメなんじゃないの」

「もう、意地悪。でも、そうね。ママはいま、健くんのメイドさんだものね」

「そうだよ、怜子。オマ〇コ自分で弄って、気持ちよさそうだね。それに、本当にとっても綺麗だよ。もしかして、あんまり使ってないの？」

床に膝立ちとなり、両肘をベッドに載せるようにして義母の美しい淫唇を見つめる健太郎は、一度射精しているだけに、わずかばかりの余裕があった。だが、ペニスは先ほどから完全勃起状態を維持しつづけ、下腹部に貼りつきそうな勢いで、ピクピクと小刻みに震えてしまっている。

「使ってって、怜子はそんな淫らなメイドではありませんわ。それに、私のここが綺麗だとすれば、それはご主人さまのせいですよ」

「僕のせい？」

「そうですよ。ご主人さまが怜子のここをまったく使ってくださらないから、こんないやらしい蜜が、どんどん溢れてきちゃってるんです。ずっと待ってたのに、ほかの女の人とばかり……。あぁん、ご主人さまの逞しいオチンチンを、怜子の淫らなここ、オっ、オマ〇、コに挿れてください」

「マ、ママ……」

(まさか、ママからのおねだりが聞けるなんて……。ああ、もう限界だ)

艶めかしく濡れた義母の言葉は、健太郎の敏感な快感脳を鷲掴みにしてきた。怜子が淫裂に突き入れていた右手の動きを速めてくる。チュッ、クチャッと卑猥な蜜音が大きく響く。健太郎の網膜には、美母が細指を出し入れさせるたびに飛び散る淫液の飛沫がはっきりと焼きついていた。

「ああ、ママ、僕、もう我慢できないよ」

わずかに残っていた余裕が、一気に吹き飛んでしまっていた。腰がブルッと大きく震え、張り詰めた亀頭の先端からは、先走り液が勢いよく飛び出してしまう。

甘酸っぱい牝臭を肺いっぱいに吸いこんだ健太郎が、ベッドに這いあがっていく。右手で強張りの中央付近を握り、開かれていた義母の脚の間に身体を入れていった。

「うふぅン、私もです。私もとっても、欲しくなっちゃってます」

チュプッと蜜音を立てつつ秘唇から指を抜き取った怜子が、淫靡な眼差しで健太郎を見上げてきた。その指先は淫蜜によって艶やかな光沢を放っている。

しかし健太郎の視線は、遮るもののない義母の淫裂に注がれていた。卑猥なヌメリと艶に縁取られた秘唇は、くすんだようなピンク色であった。年齢の割に色素沈着があまりみられない淫唇は、そのまま怜子の清廉さをあらわしているかのようだ。

(もうすぐだ。本当に僕は、ママと……。大好きなママのオマ〇コに、こいつを挿れることができるんだ)

ヒクヒクと小さく開閉を繰り返す蜜壺の入口を見つめ、ペニスを握る右手にも自然と力が入ってしまう。

「じゃあ、ママ、いっ、挿れる、よ」

ご主人さま役をやっている余裕などまるでなかった。一刻も早く最愛の義母と、五年間ずっと想いつづけてきた女性と、一秒でも早くひとつになりたいという思いで、健太郎の中はいっぱいであった。だが、怜子はそうではないらしい。その証拠に、まだ余裕を残した言葉を発してくる。

「あぁん、ダメですよ。今夜は私がすべての面倒をみさせていただくんですから。さあ、ご主人さま、あお向けになってください。そうしましたら私のほうから、重ならせていただきます。たっぷりと、怜子の腰使いをご堪能ください。ご満足いただけるよう、懸命にご奉仕いたしますから」

義母がすっと横に身体を移動させ、健太郎に横になるためのスペースを提供してきた。そのちょっとした動きだけでも、釣り鐘状の豊乳がユサユサと揺れ、性感を著しく刺激してくる。

(もし、ママが上から重なってくれたら、大きなオッパイを下から触り放題になりそうだし、ママが積極的に腰を使うなんてこと、普段はまったく想像できないもんな)

「うん、分かったよ。ママに、うぅん、怜子にすべて任せるよ」

誰もが羨むほどの知的美貌にはいま、娼婦のような気怠げで淫蕩な雰囲気が漂い、悩ましく誘うような目つきで見つめられると、抗う気持ちも湧いてこない。義母に言われるがままに、健太郎はあお向けになっていった。

「では、失礼いたします」

蠱惑的な媚笑を浮かべた怜子がベッドの上で立ちあがり、腰のあたりを跨いできた。見上げるとそこには、淫蜜で濡れた匂い立つ秘唇があり、溢れ出した蜜液が内腿に垂れ落ちている様子までもが、鮮明に飛びこんでくる。

(いよいよだ。いよいよ僕はママとセックスをするんだ。それも、ママが自分から来てくれる形で)

美母がゆっくりと腰を落としこんでくるにつれ、濡れた秘裂も近づいてくる。甘酸っぱい匂いが鼻腔にまで届き、肺いっぱいに吸いこむと、それだけで快楽中枢が震えてしまう。自然と息が荒くなっていくのが分かる。

「緊張しているんですか、ご主人さま。大丈夫ですよ。怜子にお任せください」

健太郎の腰の両脇に膝をついた義母は、いったんそこで動きを止めた。右手をおろし、下腹部に貼りつきそうな急角度でそそり立つ肉竿を、やんわりと握ってくる。その瞬間、腰が自然とくねり、ペニスがピクッと跳ねあがってしまった。

「くっ、あっ、あぁ、マ、ママぁぁぁ……」

「はぁン、とっても硬くて素敵、ですわ。もうすぐですから。もうちょっとだけ、我慢して、ください」

最大級に膨張した強張りを垂直に起こしあげてくる義母に、健太郎は奥歯を噛み締めて、迫りあがってきた射精感をやりすごしていった。そうしている間に、ペニスを起こしあげた怜子が、今度はそこに向かって再び腰を落としはじめた。

生唾を飲みこみ、ジッと見つめる先で、卑猥な光沢を放ちつつも美しさをまるで損ねない淫唇が、ゆっくりと赤黒く膨張した亀頭に近づいてくる。直後、ンチュッ、小さな接触音が耳に届いた。

「ンはっ、あぁ、ママ」

「んぅン、はぁ、すぐよ、すぐにママの膣中で気持ちよくしてあげるから」

とうとう義母も、メイドの役をしつづける余裕はなくなったらしく、言葉遣いが日常的なものに戻っていた。だが、とっくにそんな余裕がなくなっている健太郎にとっては、どうでもいいことであった。

「うん、ああ、早く、ママ」

「うふっ、じゃあ、いくわよ」

クスッと小さく微笑んだ直後、義母がさらに腰を落としこんできた。ンヂュッ、淫猥な音をともない、いきり立ったペニスが怜子の肉洞内に迎え入れられていく。健太郎の両手は自然と深く括れた腰にのばされ、なめらかな艶肌を掴むようにしていた。

「くはッ、あっ、あぁ、くほぅぅぅ、しゅ、しゅごィ。マっ、ママの中、キツキツで、僕のを思いきり、ぐぅ、締めつけてきてるぅぅぅ……」

美母の蜜壺は、敦子はもちろんのこと、理沙に比べても狭く、そして締めつけが強かった。細かな柔襞が四方八方から硬直に絡まりついてきている。その快感は、初めてセックスをしたとき以上であり、あっという間に射精感がこみあげてきてしまう。

「はぅッ、んぅ、あぁぁ、硬くて、あっついのが、イヤァン、思っていたよりずっと、大きい」

ペニスの根本まで肉洞に咥えこんだ怜子の眉が悩ましく歪み、ふっくらと艶めいた朱唇からは甘いうめきが漏れ出していた。

「ママ、気持ちいいよ。挿れてもらったばかりなのに、僕、もう、出ちゃいそう……」

「いいわよ、出して。我慢の必要なんて、うぅン、まったくないんだから」

射精感を必死に耐えていた健太郎に、義母は媚笑を浮かべ頷きかけてきた。

「ヤダよ、せっかく大好きなママとエッチできたんだ。少しでも長く、ママと、ママの中に入っていたい」

「うふっ、バカね。言ったでしょう。今夜はママ、健くんのメイドさんだから、好きなだけ、何度でも、してくれていいのよ。では、ご主人さま、怜子の膣中、存分にお楽しみください」

肉洞を押し広げているペニスの感触に慣れてきたのか、怜子が再びメイドモードの言葉遣いをしてきた。それに合わせ、ゆっくりと腰を上下に動かしはじめる。すると、ぢゅちゅっ、グチュッと粘ついた淫らな摩擦音が瞬く間に奏でられはじめた。

「あぅ、マっ、ママ。嘘、少し、こすられただけなのに、くぅぅ、こんなに気持ちいなんて、反則だよ」

眼窩を襲う鋭い愉悦の瞬きに、健太郎は奥歯を噛み締めたうめきを漏らした。まるで独自の意志を宿しているかのように、複雑に入り組んだ膣襞がペニスを扱きあげてくる。気持ちよさのあまり、蜜壺内の硬直が大きく跳ねあがってしまったほどだ。

「あぅん、はぁ、健くんの、ご主人さまのオチンチン、気持ち、いいですぅぅ……」

リズミカルに腰を上下させつつ、義母が蕩けた眼差しで見下ろしてきた。だが、健太郎の視線は、美母の悩ましい美貌ではなく、腰を動かすたびに重たそうに揺れ動く双乳に注がれていた。

タップタップと大きく上下している釣り鐘状の膨らみ。いかにも柔らかそうでありながら、決して重力に負けることなく突き出している乳肉の艶戯に、しばし射精感を忘れるほどであった。

「ねえ、ママ、自分でオッパイ舐められるでしょう？　ちょっと、舐めて見せてよ」

「えっ⁉」

健太郎の言葉があまりに唐突であったこともあり、規則正しかった怜子の腰の動きが乱れた。その瞬間、それまでとは違う膣襞のこすりあげが亀頭裏に襲いかかってくる。同時に睾丸がキュンッと根本方向に押しあがってきた。

「くふぉッ、くぅぅ……。僕、ママが自分で大きいオッパイを舐めてるところ、見たいんだ。いいでしょう？　だって今夜はママ、僕のメイドさんなんだから。さあ」

目を剝きそうな快感と迫りあがる射精感をなんとかやりすごした健太郎は、括れた腰にあてがっていた両手を、動きを止めても余韻でプルプルと揺れている膨らみへとのばしていった。

手の平には到底収まりきらないたわわな膨らみ。指が沈みこみそうな柔らかさと、押し返そうとする反発力。その絶妙な感触を、健太郎は十指で存分に味わっていく。憧れの膨らみに手を這わせたことで、硬直がまたしても大きく跳ねあがり、複雑に入り組んだ膣襞を圧しやるように、さらなる膨張を遂げてしまった。

「くふぅン、あぁ、すっごい。さらに、大きくなるなんて……。ほんとに、なんて逞しくて、素敵なの。ダメ、こんな、息子の、健くんのオチンチンで感じちゃうなんて」

「ママこそ素敵だよ。すっごく狭くてキッキツなのに、とても安心できる感じがするんだ。ねえ、オッパイ舐めて見せてよ。この綺麗な乳首、チュウチュウして見せて」

迫り来る射精衝動を懸命にこらえながら、直径五センチほどの淡いピンクの乳暈の中心に鎮座している、濃いピンクの乳首を、右手の親指と人差し指で挟みこんでいった。コリッとした感触が指の腹から伝えられてくる。

「はぅッ、ぅん、あぁ、ダメ、そんな急に、そこ摘まれたら、私……」

義母が天井を仰ぎ見るように、大きく首をのけぞらせた。同時に、淫裂の入口が巾着の口を閉じるように、キュッと締まってくる。それだけではない。肉洞内部にも変化がみられていた。蜜壺の奥、ちょうど亀頭が包まれているあたりも締まりが強くなり、肉竿部分に絡みつく膣襞のうねりも一層強化されてきていたのだ。

「ンがぁッ、ぐぅ、おぉぉ、締まりすぎだよ、ママ……」

強烈な締めつけとうねりに、健太郎は白目を剝きそうになった。それでも肛門を引き締めることによって、突きあがってくるマグマをなんとか抑えつけていく。

「だって、健くんがママの敏感なところ、触るから」

「僕のせいにするなんて、ズルイよ。ママが、エッチな身体してるのが悪いんだから。

さあ、乳首、自分で吸って見せて」

迫りあがろうと陰嚢内を暴れまわっているマグマをなだめつつ、健太郎は腹筋に力を入れ、上半身を起こしあげていった。ペニスを襲う柔襞の感触が微妙に変化し、それがまた射精感を助長してしまいそうになる。

「あんッ、健くん？」

「さあ、ママ、この大きなオッパイ、一緒にペロペロしよう。もちろんママは、腰を動かしながらだよ。僕、ほんとにもうすぐ出ちゃいそうなんだから」

息子が突然上半身を起こしたことに、義母が戸惑いの声をあげてきた。それを無視するように、健太郎は怜子の左胸を下から捧げ持つようにしていった。指が沈みこむほどの柔乳の感触に恍惚となりながら、球状に硬化した乳首を美母が舐めやすいよう朱唇に近づけていったのだ。

まるで手本を示すかのように、上目遣いで義母を見つめつつ、健太郎は小指の先ほどの大きさの突起の周囲を舌先で舐めあげて見せた。

「あっ、あぅ、あぁん、け、健くん」

怜子の総身がビクッと震え、朱唇からは艶めかしい喘ぎがこぼれ落ちてくる。さらに、肉洞が一段の締めつけ強化を見舞ってきた。

「うくぅ、健くんじゃないでしょう。ご主人さまの言うことは絶対なんだからね。一緒にデカパイを舐めなめしながら、いやらしく腰を振って、僕を早く射精させるんだ。これは、命令だからね」

小刻みにペニスが跳ねあがってきているのを実感しつつ、健太郎は今夜だけの専用美熟メイドに命令を下していった。

「はぁン、分かりました。ご主人さまの、言いつけ通りに」

ゾクッとするほどの艶めかしい瞳で見つめてきた義母が、甘い吐息を漏らしつつ頷いてきた。直後、ゆっくりと腰が上下に動きはじめる。

ヂュッ、クチョッとくぐもった淫音が瞬く間に耳朶をくすぐり出す。きつく締まった状態の淫壺で、鋭く硬直が扱きあげられてくる。

「うほッ、くっ、す、凄い。ママのエッチな襞ヒダが、くぅぅ……」

左乳首の周囲に唇を寄せていた健太郎は、あまりに強烈な快感に、喜悦のうめきを漏らした。それでも、右手では義母の左乳房を捧げ持ちつづけ、左手は愛おしげに右乳房を揉みしだきつづけていた。

「気持ちいいですか、ご主人さま。はぁン、ご主人さまも、素敵、ですぅ。怜子もたくさん、感じてます」

「嬉しいよ。ママが、怜子が感じてくれて、僕もすっごく嬉しい。これからは毎日、僕が気持ちよくしてあげるからね」

快感が強すぎるあまり、脳がグラングランと揺れてしまいそうになっていた。それでも健太郎は、歯を食い縛りながら小さく下から腰を突きあげていった。

グチョッ、ズチュッと摩擦音が一際大きくなる。同時に、義母の上下動とは別に自らの意志で腰を動かしたことによって、ペニスを襲う扱きあげ感が倍増した。亀頭が膨張し口を開けた鈴口から、粘度の増した先走り液が噴きあがっていく。

「はンッ、あっ、あぁん、健くん、ダメ、そんな下からズンズンされたら、ママ……」

まるでしがみつくかのように健太郎の左肩に右手をかけた怜子が、甘く熱い喘ぎを漏らした。だが、そこは大人の女性。すぐに息子の動きに腰の動きをシンクロさせてくる。健太郎の単調な突きあげに変化を持たせるように、艶めかしく細腰をくねらせるグラインド運動を見舞ってきた。

「んカッ、あっ、おぉぉ、それ、すっごい。ああ、僕、ほんとに、もう……」

「出していいのよ。遠慮しないで、ママの、怜子の子宮に、ご主人さまの白いジュース、たっぷりと注ぎこんでください」

それまで見たことがないほどの媚笑を浮かべた義母が、腰を悩ましく振りつつ舌を突き出してきた。淫靡に濡れた瞳で健太郎を見つめたまま、首をすくませるようにして豊乳にキスをして見せる。

「ンふぅ、ぅん、チュッ、レロ……。うふぅン、これで、いいの？」

濃いピンク色をした突起に舌先が触れた瞬間、怜子の全身がビクッと大きく跳ねあがった。膣口がさらに巾着を締め、ペニスが根本から千切り取られてしまいそうな感覚が襲う。

「くかぁッ、嘘、まだ、締まるなんて……。でも、す、凄い。ほんとにママが、自分のオッパイ、乳首を舐めてるなんて……。凄くエッチだよ」

「健くんがそうしろって言ったのよ。ママだって、自分で自分の胸を舐めるなんて、初めて、なんだから」

「じゃあ、今度は一緒に舐めよう」

確実に限界に近づき、いつ大爆発を起こしてしまってもおかしくないペニスから、意識を逸らせるように、健太郎は再び怜子の左乳首に舌を近づけていった。今夜だけはという気持ちになっているのか、今回は義母も正直に舌をのばしてくる。

「レロ、チュプッ、チュッ……」

乳首を舌で上下から挟みつけるように舐めあげていく。すると、自然と舌の先端同士も触れ合う結果となった。コリッとした突起とは違うぬめった感触に、背筋が震えてしまう。

（ああ、これ、ママと乳首を間に挟んでディープキス、してるみたいだ。したい、ママと、ほんとのキス、したい）

思えば、理沙はキスだけはさせてくれず、当然、敦子ともキスをしていなかった。つまり、三人の女性とセックスを体験しているにもかかわらず、健太郎のファーストキスはまだであったのだ。

いや、正確には一度だけ、初めて義母の身体に悪戯をしたときに、寝ている怜子の朱唇と唇を重ね合わせたことはあった。だが、あれをファーストキスとカウントするのは、いささか情けない思いが、健太郎の中にあったのである。

美母も舌同士の接触を意識したのだろう。切なそうに腰がくねり、強張りを扱きあげる柔襞が、ザワッとその蠢きを変化させてきた。相変わらず、きつく絡みつくような扱きあげなのだが、そのうねりが小刻みに速くなったように感じられる。

「くはぁ、ああ、ダメ、僕、ほんとに、出ちゃうよ。ねえ、キス、させて。僕、ママとキスしながら、出したい」

ピキンと脳天に突き抜けていく鋭い喜悦に、健太郎はいよいよ射精の瞬間が目の前に来たことを悟った。恐らく今度は、やりすごすことはできないであろうと思えるほどの射精欲求が、陰嚢内を駆けずりまわっている。

「いいわよ、なんでも、あぅん、今夜は健くんの望みのままよ」

「ああ、ママ」

乳首に這わせていた舌を離した義母が、悩ましく腰を律動させながら、匂い立つ眼差しで頷いてきた。健太郎は、すぐに左乳房を捧げあげるようにしていた右手から力を抜いた。しかし、膨らみからは手を離すことなく、やんわりと熟した豊乳を揉みこみつづけている。一方、右乳房を揉みしだいていた左手は膨らみから離し、怜子の背中側にまわしていった。

恍惚とした表情で唇を突き出していく。すると、艶然と微笑んだ義母が、ゆっくりと朱唇を近づけてきた。チュッ、唇の粘膜に感じる優しい感触。ふっくらと柔らかく、それでいて淫唇とは違う艶めかしさに、腰が小さな痙攣を起こしてしまう。

（これが本当のファーストキス。寝ているママではなく起きているママと、本当にキスしてるんだ。このまま、キスしながらオッパイを揉みながら、思いきり出したい）

「チュッ、ちゅちゅ、ちゅぅ……」

再び下から腰を突きあげつつ、健太郎は舌先を出していった。怜子の朱唇を舌でノックすると、すぐさま美母も舌を突き出してきた。そのまま、ネットリと舌同士を絡み合わせ、ぬめる粘膜を直接味わっていく。

「ふぅ、ぅん、はぁ、チュパッ、にゅちゅ、チュルン」

甘い息が義母の鼻から漏れてくる。そのこそばゆさに、背中がムズムズとし、射精感が盛りあがってきてしまう。

(ああ、ほんとに、もう、限界だ。これ以上、我慢してたら破裂しちゃうよ)

甘い唾液を喉の奥に流しこみつつ、快感ゲージがレッドゾーンを振り切ってしまいそうなレベルにきていることは、痛みを覚えるほどに縮こまっている陰嚢や、窮屈に押しこめられた睾丸が悲鳴をあげている感覚からも確かであろう。

(こうやって、上半身を起こしているのも、もう、限界)

「チュパッ、ンチュッ、はぅん、チュプ……」

恍惚と舌を絡ませたまま、健太郎は起こしあげていた上体を再びベッドに倒していった。左手だけではなく、乳房の感触を堪能していた右手も義母の背中にまわし、怜子も一緒に横になってもらう。

豊満な乳房が、グニャリと胸板でひしゃげていく感触と、膨らみの頂上の突起が自己主張するように、健太郎の乳首を押しこんできてコリッとこすり合ってくる感覚に、腰骨が蕩けてしまう。

「ンぅんッ、ピチャッ、ぷはぁ、あぁん、健くんのまた大きく……。あんッ、ダメよ、そんな下から小さく突きあげられたら、この体勢だと、はぅン、こすれ、ちゃぅ」

「こすれちゃうって、くっ、なにがぁ……」

「えっ、それは……」

「正直に言うんだ、怜子。じゃないと、もっと、こうしちゃうぞ」

最後の我慢を振り絞るように、一瞬だけご主人さまモードとなった健太郎が腰の突きあげ速度を増していった。

ヂュッ、ぢゅちゃっ、チュブ、粘ついた蜜音の間隔が明らかに狭くなる。同時に、ペニスを襲う快感の痙攣間隔も短くなっていた。

「あぁん、ズルイ。クリ、です。健くん、ご主人さまのあそこの毛が、私の、怜子のいやらしく尖ったクリトリスを、キャふぅン、ツンツン、してきてるんですぅ。あぅん、ダメ、そんな、激しくされたら、ママ、ぅン……」

艶めかしく朱唇を半開きにしたまま、義母が告白してきた。下半身が完全に密着した状態で小さく腰を揺すりあげていったため、健太郎の陰毛が怜子の淫突起を小刻みに刺激していく結果となっていたらしいのだ。

（ママのクリトリスを僕のチン毛が……）

「ンはぁ、ママがエッチなこと言うから、もうダメだ。出すよ。ママのオマ○コの奥に、出すからね」

「いいわ、来て。あんッ、健くんの濃厚な精液、ママの子宮にいっぱい飲ませてぇぇ」

「くはッ、ぐッ、出ッ、でる、出っるぅぅぅッ！」

ビクンと大きく腰が突きあがった直後、それまで抑えに抑えていたマグマが一気に鈴口に殺到してきた。破裂寸前の亀頭が限界まで膨張し、次の瞬間、魂までもが吐き出されるような強烈な射精感が襲いかかった。

ビクン、ドクン、ドビュッ、ずぴゅ、ドゥピュピュ……。

「はぅ、あぁん、くっ、す、すっごぃ。熱いのが、健くんの熱いのが、ママの子宮に、イヤァン、入って、きてる……」

義母の腰が大きく跳ねあがった。同時に、蜜壺内の収縮がまたしても変化し、今度は白濁液を一滴でも多く子宮に送りこもうとするように、ペニスを搾りあげてくる。

「あぁ、ママ、はあ、すっごい、どんどん、吸い出される、みたいだ」

（出してるんだ。僕はいま、本当にママのオマ○コの中に、射精しちゃってるんだ）

視界が完全に白く塗りこめられ、美しくも淫らな怜子の媚顔が霞んできていた。最

愛の義母への想いを伝えるように、背中にまわした両手に力がこもる。射精の脈動は断続的に襲い、そのたびに驚くほどのマグマが美母の子宮に叩きつけられていった。

「はぁん、すっごい。ママのお腹、健くんのミルクで、パンパンになっちゃったわ」

優に十回以上の脈動の末ようやく射精が治まった頃、左耳から怜子の甘い囁きが脳内に染みこんできた。その艶声に反応する形で、健太郎の思考がゆっくりと回転しはじめる。

「あぁ、ママ、最高だったよ。とっても、気持ちよかった。ママの中に出すのが、こんなに凄いなんて、もう、大感激だよ」

「うふっ、よかったわ。でも、ママも一緒よ。健くんとの、息子とのエッチでこんなに感じちゃうなんて、癖になっちゃいそうよ」

思いもかけない怜子の言葉に、硬度を維持したまま肉洞内に潜りこんでいたペニスが、ピクッと小さく震えてしまった。

「なってよママ。癖になってよ。僕、いままで以上に勉強頑張るから。ママのことを絶対に幸せにするから、だから」

なめらかな背中をギュッと抱き締めた健太郎は、ベッドの上でそのまま反転していった。今度は義母を組み敷く形で、怜子の艶顔を見つめていく。

「はぅン、健くん。でも、ママと健くんは……」

「関係ないよ。僕はママのこと、本当に愛してるんだ。だから僕は、これからもママのことを、こうやって、愛しつづけるよ」

健太郎はウットリとした中にも、真剣さを滲ませた瞳で怜子を見つめたまま、ゆっくりと腰を振りはじめた。ヂュッ、グチュッと瞬く間に湿った摩擦音が沸き起こる。

「あぅん、あぁ、そんな、出したばっかりなのに……」

「何度でもできるよ。ママが相手なら、今夜は本当に、一晩中、ママのオマ○コに精液を注ぎつづけるからね、覚悟しててよ」

パイズリと膣内、二度の射精によって余裕が生まれた健太郎は、怜子の素晴らしすぎる蜜壺の感触に改めて陶然となりつつ、三度目の射精に向けた律動を本格化させていった。

（そうさ。絶対にママを幸せにしてみせる。僕の気持ちが、どれだけ本気かを示すためにも、やっぱりあの計画は実行に移さなきゃな）

絶品蜜壺の感触を堪能しつつ、義母に振り返ってもらうために温めていた計画の実行を改めて決意する健太郎であった。

終章

―怜子―


「ママ、今日の勉強、全部終わったよ」

土曜日の午後十時すぎ、健太郎が寝室のドアを開けながら、課題の終了を告げてきた。あの日、メイド服を着て息子に身体を委ねた日から、早くも二週間が経過していた。あの夜を境に、義母子の関係は大きく変化し、一夜限りのつもりが連日の相姦へと発展してしまっていたのだ。

「ご苦労さま。今日はバイトもあって大変だったのに、よく頑張ってるわね」

「そりゃ、そうだよ。大好きなママからのエッチなご褒美があると思えば、どんなことだって、頑張れるさ。それに、そんな格好を見せてくれるなら、なおさらだよ。ほんとに着てくれたんだね、僕の贈った下着」

部屋に足を踏み入れつつ、息子は義母に陶然とした眼差しを向けてきた。健太郎の視線を全身に浴びただけで、怜子の子宮には鈍痛が襲いかかってきてしまう。

怜子は、健太郎がプレゼントしてくれた格好で息子がやってくるのを待っていたのだ。それは悩ましい黒下着一式であった。

肌が透けて見えるほどに薄いレース地に繊細な刺繍が施されたブラジャーと、ペアのパンティ。そして細腰にはガーターベルトがつけられ、薄布の中を通ったサスペンダーが、太腿の半ばで極薄のストッキングを吊りあげている。

(困ったものね。健くんの欲望を満たしてあげるつもりが、私のほうが期待するようになっちゃってるなんて)

「だって、健くんが着てって言うから。ママだって、恥ずかしいのよ」

淫唇の疼きを悟られたくないという思いがある一方、媚びるような眼差しを息子に向けてしまっている自分に、怜子の頬が自然と上気してきてしまう。さらに、もっとよく見てもらおうという女心が、ベッドの端に浅く腰掛けていた怜子を立たせていく。

「とっても似合ってるよ、ママ」

健太郎の声の中に、ウットリとした響きを敏感に感じ取った三十二歳の性感が、ブルッと震えてしまった。

蕩けそうな眼差しで義母を見つめたまま、健太郎が歩み寄ってくる。真っ直ぐに息子を見つめたまま黙って待っていると、正面で立ち止まった健太郎が両手で怜子の頬を挟みこむようにしてきた。そのまま、そっと唇を近づけてくる。

「チュッ、チュプ……」

　怜子自身もふっくらとした朱唇を差し出し、ついばむような口づけを繰り返していく。すると、健太郎の右手が頬から離され、ブラジャーに包まれた乳房へとおろされてきた。下着越しに、豊満な膨らみをやんわりと揉みあげられてしまう。その瞬間、腰骨が悩ましくくねってしまった。

「あんッ、健くん」

「ママのオッパイ、ほんとに素敵だね。何度触っても、飽きるってことがないもん」

「うふっ、いいのよ、好きなだけ触って。ママのオッパイは、健くんのためだけの膨らみなんですからね」

　艶然と息子に微笑みかけつつ、怜子は両手を背中にまわした。躊躇いのない手つきで、ホックを外していく。すると、健太郎もよく心得たもので、すぐに膨らみから右手を離すと、左手ともども肩のストラップにのばしてきた。そのままストラップを横移動させ、腕からすべらせるようにして床に落としてくる。

　釣り鐘状の膨らみが、たわみながら姿を見せた。タップタップと双乳がぶつかり合い、柔らかそうな音を立てている。それでいながら、張りも充分に保たれていることを示すように、重力に逆らって突き出しているのだ。

「あぁ、ママのオッパイ。いつ見ても、凄い迫力だ。これが僕だけのものだなんて、いまだに信じられないよ」

早くも恍惚の表情となった健太郎の右手が、剝き出しとなった左の生乳に戻されてきた。愛おしげに膨らみの下弦に手を這わせ、そのまま上方向に捏ねあげてくる。

「はぅ、はぁン、健くん。じゃあ、健くんはママが、ほかの男性、例えば健くんみたいにオッパイが好きな男子生徒に触らせてもいいの？」

乳房に感じる息子の手の熱さと、肉房の内部からじんわりと滲み出す愉悦に、怜子の背筋には快感のさざなみが駆け抜けていった。むっちりとした太腿同士を切なげにこすり合わせ、疼く秘唇にわずかばかりの刺激を与えてしまう。

「イヤだ。絶対にダメだよ。このオッパイは、うぅん、オッパイだけじゃない。ママの身体は全部、僕だけのものなんだからね」

叫ぶように宣言をした健太郎が、いきなり怜子の背中に両手をまわし、きつく抱き締めてきた。ボリューム満点の乳房が、パジャマ越しの息子の胸板で思いきり押し潰されてしまう。

「キャッ、ちょ、ちょっと、健くん」

ひしゃげた乳肉から伝わる快感の微電流が、昂りはじめていた快感中枢にさらなる負荷をかけてくるのを実感しつつ、驚きの呟きが漏れ出た。

「ママのすべては、僕だけのものなんだ。ほかの男になんか、絶対に渡さない」

なめらかな背中を撫でおろしてきた健太郎の両手が、無防備に張り出した双臀を薄布越しにギュッと掴んできた。刹那、背筋に新たな快感が駆けあがっていった。

「あなたのものよ。ママのすべては、健くんだけのもの。はぁン、すっごい、もう硬くしちゃってるのね」

健太郎の下腹部が、怜子の下腹部に思いきり押しつけられてきた。パジャマのズボンとその下のブリーフ越しにも、息子のペニスが臨戦態勢を整え終えていることがよく分かる。

(はぁン、ほんとに凄いわ。毎晩、一度や二度じゃ利かないのに、それなのに、翌日にはもうこんなに……。でも、愛する息子が毎晩求めてくれることが、こんなに嬉しく、幸せな気分にさせてくれるものだなんて……)

高校二年生の性欲の強さを、改めて見せつけられる思いだ。だが、それは孤閨《こけい》を託っていた未亡人には、甘美な毒でもあった。忘れかけていた女の悦びを再認識させられ、女盛りの肉体を一層燃えあがらせてくるのである。しかし、女として求められ、満たされていく日常は、何物にも代え難い幸せであった。

「当たり前だよ。こんな色っぽくって、綺麗なママが側にいるんだもん。だから、ちゃんと責任取ってね」

腰を左右にくねらせるようにして、義母の下腹部にペニスをこすりつけつつ、健太郎が囁きかけてきた。

（あぁ、ほんとに素敵。もうすぐ、健くんのこのオチンチンが私の膣中を、思いきりこすりあげてくれるのね）

逞しい息子のペニスが、肉洞に押し入ってくる感触と、それによってもたらされる天に昇るほどの喜悦を想像するだけで、怜子の淫唇はますます甘蜜を湧きあがらせてしまう。

「ふふっ、もちろんよ。だってママのあそこからも、いやらしい蜜がどんどん溢れてきちゃってるんですもの」

「じゃあ、今日は早速、いい？」

「あら、お口やオッパイでしてあげなくてもいいの？」

いつもは挿入前に一度、フェラチオかパイズリによって射精をさせていたのだが、今日の健太郎はいつにも増して性急であった。

「うん、今日はいっぱい、ママのオマ〇コに、ママの子宮に出したいんだ」

「もう、エッチなんだから。うふっ、でもいいわ。ママとの約束を守って、ちゃんとお勉強もしてくれてるんですもの。この身体がご褒美になるのなら、好きなだけ愛してちょうだい」

「ああ、ママ……」

感嘆の声をあげつつ、抱擁を解いた健太郎が、そそくさとパジャマを脱いでいく。ズボンと一緒にブリーフもずりさげると、その瞬間、待ってましたとばかりに、完全勃起のペニスが飛び出してきた。

下腹部に貼りつきそうな強張りは、この二週間でさらに逞しく成長していた。太い青筋を浮きあがらせている幹は一回り大きくなり、複雑に入り組んだ怜子の膣襞を抉ってくる亀頭のエラも、その張り出しを一層逞しくしている。だが色だけは、まだ少年らしいピクン色をしており、そのギャップが三十二歳の性感を煽ってくるのだ。

「はぁン、素敵よ、健くん。ほんとに逞しいわ。ママ、ますます濡れてきちゃう」

子宮を襲う鈍痛に身悶えながら、怜子も息子が贈ってくれた黒パンティを脱ぎおろしていった。股布が淫裂と離れた瞬間、クチュッと小さく蜜音が立ってしまう。

「はぁ、ママ、素敵だ……。そのまま、ガーターは外さないで、そのほうが、うんとエッチな感じがするから」

「もう、しょうのない子ね。いいわ、健くんの望みのままに」

足首から薄布を抜き取った怜子は、艶然と息子に微笑みかけると、そのまま積極的にベッドへとあがっていった。そのまま四つん這いの姿勢を取り、健太郎に向かってヒップを突き出していく。

「来て、健くん。ママのいやらしく濡れたあそこに、健くんの、硬くて、熱くて、太いオチンチン、思いきり突き挿れてちょうだい」

右手を股間に這わせ、艶めかしくぬかるんだ淫裂を淫靡に撫であげてみせる。自分の指の感触に、腰がブルッと震え、奥から新たな淫蜜が湧き出してきてしまう。

「ああ、ママ。なんて、ほんとになんてエッチなんだ」

かすれた声で呟きながら、右手でペニスを握った健太郎がベッドにあがってきた。

「さあ、いらっしゃい」

(あぁん、息子のオチンチンを欲しがってしまうなんて、私はもう普通の母親には戻れないのね。でもいいの。これが、私たちの家族の形なのよ)

淫唇を撫でつけていた右手を差し出しつつ、怜子は健太郎との禁断の母子関係を肯定的に捉えていくのであった。

―敦子―


怜子と健太郎の義母子が、甘い性交に突入したのとほぼ同じ頃。

三〇三号室ではソファに座った敦子がソワソワとした気分に襲われていた。

（和馬ったら、今日はいつもよりお風呂長いんじゃないかしら。念入りに洗わなくたって、ママがいくらでも綺麗にしてあげるのに……。あら、ヤダわ、私ったらなんてことを……）

女子大学院生の理沙と教え子の健太郎にそそのかされる形で、週に一度泊まりに来る中学生の息子のペニスを握るようになってから二週間。いまでは、週末に和馬が泊まりやって来るのが、以前よりも楽しみで仕方がなかった。

（若宮くんには悪いけど、和馬の硬くなったのを握ってあげるほうが、ずっと感じるなんて、思ってもみなかったわ）

十年ぶりに女の感覚を呼び覚ましてくれた健太郎とのセックスは、教え子との背徳感もあって何度も絶頂に導かれた。しかし、実の息子のペニスを握る背徳感は、想像を遥かに超えていたのだ。

（若宮くんもお義母さんとセックスするようになったみたいだし、来年の春には私も和馬と……）

健太郎が義母の怜子と禁断のセックスをしたことは、本人から報告を受けていたし、アパートの集合ポスト前で偶然会った理沙からも聞かされていた。

義理の親子とはいえ、実際に近親相姦をしている母子の実例を示されてしまうと、背徳のハードルが一気に低下していくのを、認めざるを得なかった。それどころか、次は自分と和馬の番なのだ、という思いが大きくなってしまったのだ。

（お勉強もちゃんと頑張ってくれてるみたいだし、今日からはもう少しグレードをあげてみようかしら）

最初の週は手淫だけであったものが、先週からは早くも乳房や尻、太腿といったところを自由に触らせてしまっていた。和馬は満足してくれているようなのだが、敦子のほうがたまらない気持ちになってしまっている部分もあった。

（いきなり、あそこは舐めてもらうわけにはいかないものね。それはまた、次のステップだし。そうだわ。昨日受けたらしい、校内模試。結構自信があるようだし、その頑張りに対するご褒美として、今夜はあの子のを口に……）

高校生の健太郎のペニスに比べれば、まだ幼さを残している和馬の淫茎であったが、それでも信じられないほどの硬さと熱さに満ちており、実子という背徳感が健太郎を相手にしたときには決して得られない快感を敦子にもたらしていた。

その息子のペニスを口に含む場面を想像したとたん、肉洞内で熟襞がキュンッと蠢き、大量の蜜液をパンティの股布に滴り落としてしまう。

（あぁん、和馬、早く出てきてちょうだい。そうしたら、ママのお口でたっぷりと気持ちよくしてあげるのに。そして、模試の結果がよければそのときは、私のも……）

息子に淫唇を舐められるシーンを脳裏に思い浮かべた刹那、背筋には淫悦の震えが駆けあがり、脳にピンクの花が咲いてしまいそうになる。

敦子はいつしか恍惚とした眼差しとなっていた。右手が自然とパジャマズボンの上から淫裂へとのびてしまっている。左手は砲弾状の膨らみに這わされ、とてつもない柔らかさの膨らみをやんわりと揉みこんでしまう。

「はぁ、和馬……」

甘い媚声が肉厚の朱唇から漏れた直後、カラカラッと浴室の引き戸を開ける音が、熟女の鼓膜を妖しく震わせてくるのであった。

—理沙—

（うふふっ、なかなかいい感じで進んでるわね）

二〇二号室のパソコンモニターには、健太郎・怜子、敦子・和馬、二組の母子が近親相姦に辿り着くまでの流れが、時系列的に表示されていた。

健太郎と怜子の義母子は、すでにゴールであるセックスまで書きこまれているものの、敦子と和馬の実母子のほうはまだ、出だしの手淫で留まっている。

(健太郎くんのほうは、たぶん大丈夫ね。勉強の集中力もアップしてるし、今度の期末は確実に、中間を超えてくるでしょうから)

週に二度の家庭教師時に、健太郎から義母とのことは聞いていた。毎晩のようにセックスをさせてもらっているらしいが、それに溺れて勉学が疎かになっている形跡は見られない。これは怜子が教師をしている、という影響もあるのかもしれない。上手く息子の性欲をコントロールしている、とも言えるのだ。

(冴島さんが次のステップに進むのは、時間の問題でしょうね。セックスは我慢するでしょうけど、フェラやシックスナインまでは近々に発展するでしょうし。息子さんはともかく、冴島さん本人がたまらなくなっちゃうでしょうからね。いざとなったら健太郎くんがいるとはいえ、三人でエッチした日以来なにもないようだからなおさら、さらに一歩進めようとするんじゃないかしら)

敦子も教師であるだけに、息子の性欲をコントロールするであろうが、週に一度しか会えない愛息への甘さがどれだけ影響するかは不透明だ。それだけに、離れて暮らす実母子の相姦過程、という貴重なデータを得ることができている。

（健太郎くんにはほんと感謝よね。まさか、担任の先生まで紹介してくれるなんて。あの子が困ったら、なにを置いても助けてあげなくちゃ。でも、その前に、実際のセックスを見せてもらえないか、交渉しようかしら）

聞き取りデータでは分からない生のデータを得るためには、やはり目の前でセックスを見せてもらうしかない。

（ああ、でもそうなったら、交渉相手は健太郎くんではなく、お義母さんのほうにしないとダメか。もしかしたら、そのまま義母子との３Ｐなんてことも……）

その瞬間、理沙の子宮がキュンッと震えてしまった。

「もう、なに考えてるのよ、あたしったら。まずは研究よ。これからもこの二組の母子は要観察だわ。でも、できれば、母親が教師ではない、普通の主婦とかのデータも欲しいところね。健太郎くんの友だちに誰かいないかしら」

下腹部に感じた疼きを打ち消すように声に出しつつも、つい別の希望的観測も口をついて出てしまう。

「まっ、そうそういるわけないわよね。母親に女を感じてるなんて、普通に仲のいい程度の友だちに打ち明けるようなことじゃないし」

パソコンモニターを見つめたまま、理沙は都合のいい考えをまたしても自らの言葉で否定していった。

「でも、ほんと、誰かいないかしらねぇ……。月曜日の家庭教師の日に、健太郎くんに聞くだけは聞いてみよう」

それでも最後には、いまごろは義母との甘い夜をすごしているであろう健太郎に、協力要請することを決める理沙であった。


―健太郎―


「あぁ、くっ、はぁ、気持ちいい。ママのオマ◯コ、なんでこんなに気持ちいいんだ」

四つん這いとなった義母の、細く括れたウエストをガーターベルトの上から両手でガッチリと掴みつつ、健太郎は必死に腰を前後に振り動かしていた。

グチュッ、クチャッ、ぶぢゅっ、ペニスが往復するごとに艶めかしい摩擦音が鳴り、それに合わせて射精感もグングン上昇してくる。

腰が義母のヒップにぶつかるたびに、パンッと少し乾いた音もそこに混じっていた。担任熟女教師の敦子よりも若いだけに、怜子の肌にはまだまだ張りがある。そのため、腰がヒップに当たったときに揺れる尻肉の度合いが、やや小さいようだ。

「あなたも、健くんも素敵よ。はぅン、ほんとに、素敵。毎日どんどん上手になって、あんッ、ママのほうが先に、イカされちゃいそうよ」

「イッてよ、僕より先に、ママを先にイカせてみたい」

清廉な雪肌に卑猥に映える、ガーターからのびる黒いサスペンダーと、太腿の半ばまでを覆う極薄のストッキングにも性感を揺さぶられていた健太郎は、義母の言葉に牡の本能がさらに刺激を受け、一層激しく腰をぶつけていった。粘着質な淫音と、尻肉に波を打たせる乾音が大きくなっていく。

「はぅッ、くぅン、ダメ、そんな激しく、されたら、ママ、ほんとに……」

両手でシーツをギュッと掴み、背中を弓なりに反らしながら、美母は枕に額を押しつけ首を左右に振っていた。軽いウェーブのかかったミディアムショートの黒髪が、雪のように白い肌の上をすべるように左右に揺れている。

(絶対に、ママに先にイッてもらうんだ。そのためには、いまは、我慢だぞ)

理沙と同等の締めつけを誇る肉洞。複雑に入り組んだ膣襞が律動のたびに、強烈にペニスを絞りあげてきていた。眼窩には悦楽の火花が瞬き、気を抜けばその瞬間にも大量の白濁液を迸らせてしまいそうだ。

(このままじゃ、いつもみたいに僕が先に出ちゃうよ。一か八かだけど、このままよ

りはずっといいよね)

奥歯を噛み締め、肛門を引き締めてなんとか射精感をやりすごした健太郎は、腰にあてがっていた両手を、義母の乳房へとのばしていった。腰の動きが自然と緩やかになり、健太郎にしても一息つける状況となる。だが、それは怜子も同じだろう。

律動速度が遅くなっても、美母の豊乳は前後左右に盛大に揺れてしまっている。四つん這いになっているため、通常時以上のボリュームを醸し出した双乳を、真下から掬いあげるように揉みあげていった。

ズッシリとした重みと、得も言われぬ柔らかさ、そして適度な弾力が、手の平いっぱいに広がっていく。

「はぁ、ママのオッパイ、やっぱり、凄い。こんなに柔らかいのに、張りもあって、もう最高だよ」

「うぅん、いいのよ、健くん。あなた専用のオッパイなんだもの、好きなだけ、触ってちょうだい」

「うん、そうさせてもらうよ。でも、ママにも気持ちよくなってもらいたいから、ここも触ってあげるね」

健太郎は怜子の耳元に唇を寄せて囁くと、両手の親指と人差し指で球状に硬化していた乳首を摘みあげていった。そのまま紙縒《こより》をよるように、クニクニと弄んでやる。

「はぅッ、うぅ、はぁ、だ、ダメぇ、健、くぅン」

「くほぅ、し、締まるぅぅぅ。僕のが千切り取られちゃうくらい、強烈だよ」

充血したポッチを悪戯したとたん、狭い肉洞がさらにその通路を狭めてきた。乳房に手をのばしつつも、小刻みに腰を前後させていたペニスの動きを封じるような強烈な締めつけに、鋭い喜悦が脳天に突き抜けていった。

「あっ、あぅん、らメぇ、なのぅ……。ママがオッパイ弱いの、知ってるくせにぃ」

「知ってるよ、ママはこっちも弱いんだよね」

陰嚢全体が縮こまってくる感覚を覚えつつも、健太郎は右手を乳頭から外すと、そのまま下腹部へと移動させていった。繊毛の茂りを撫でつけるようにしながらさらに奥へ、息子の強張りを呑みこむ美母の淫裂へとのばしていった。

秘唇の合わせ目で小さく屹立し、自己主張をしているクリトリスを、中指の腹で優しく撫でまわしてやる。

「ンはっ、グッ。イヤ、けん、くン、そこは、そこだけは、絶対、ダメぇぇぇッ！」

盛大な喘ぎとともに、怜子の腰がビクンッと大きく跳ねあがった。同時に、肉洞がさらに狭まってくる。万力に挟みこまれ、押し潰されそうなほどの強烈な膣圧がペニス全体を包みこんだ。

圧が高まっただけではない。ピッチリと強張りに貼りつきつつも柔襞の蠢きは一向に衰えていなかったのである。意識が飛ばされそうなほどの締めつけと、それに負けないほどに妖しい膣襞からの奉仕に、健太郎の射精感は一気にコントロール不能領域に突き入ってしまった。

(うはっ、すっごい。やっぱり、クリトリスに触ったのは失敗だったか。ぐぅぅ、ダメだ、もうほんとに出ちゃいそう)

縮こまった陰嚢内の睾丸が、早く解放しろと急かすように、根本に体当たりをしてきている。眼窩に悦楽の火花が飛び散り、視界が一瞬白く霞みそうであった。

「ほら、ママの感じるクリトリスだよ。こんなに硬くしちゃって、ほんとエッチなママだなぁ。さあ、乳首と同時に触ってあげるから、早く、イッてぇぇぇぇっ……」

奥歯を噛み締め、必死に射精感と闘いながら、健太郎は義母の乳首と淫突起を触りつづけた。もちろん、絡みつく柔襞に抵抗するように、ペニスも浅い抜き差しを繰り返しつづけている。硬直が盛大な胴震いを起こし、亀頭が破裂寸前まで膨張したとき、それは起こった。

「はぅ、あン、健、くん、イヤ、そこ、触られながら、硬いのでズンズンされたら、ママ、ほんとに、ダメ、あっ、ィくッ、らメ、息子に先に、はン、イッちゃう、ママ、あぁ、健くんママ、キャッ、くぅ、イク、いッ、イッぐぅ～～～ンッ！」

甲高い絶叫をあげ、怜子の全身に震えが走り抜けていった。ビクン、ビクンと悩ましく腰が震え、シーツを握る両手が白くなってしまうほどに強く握りこまれている。

（やった！　ついに、初めて、ママを先にイカせたぞ！）

「ンはっ、出るッ！　僕も、あっ、ああ、ママ、ママぁぁぁぁッ！」

義母を先に絶頂に導いた喜びを噛み締めたのも束の間、我慢をつづけていた健太郎の全身にも絶頂痙攣が襲いかかってきた。ペニスを根本まで叩きこんだ直後、膨れあがっていた亀頭がついに爆発した。

ドピュッ、ドゥク、ずぴゅ、どっぴゅん……。

「はぁン、すっごい。健くんのが、息子の濃厚ミルクが、また、ママの中に入ってきてるぅぅぅ……」

かすれた喘ぎをあげた怜子が、掲げていたヒップをさげ、グッタリと突っ伏していく。大量の白濁液を最愛の美母の子宮に注ぎこんでいた健太郎も、引きずられるように肉洞にペニスを差しこんだまま、義母に身体を重ねていった。

その間も硬直には脈動がつづき、荒い呼吸を繰り返す母子とは無関係に、濃厚な白濁液を放ちつづけていた。ようやくおとなしくなったのは、十回近くも脈打ったあとであった。

「はぁ、あぁ、ねえ、ママ、受け取って欲しいものが、あるんだけど」

荒い呼吸を整えるようにしつつ、健太郎は怜子の耳元で囁いた。

「受け取って、欲しいもの？」

「うん、プレゼント」

「プレゼントって、下着だって、あんッ」

美母の言葉の途中で、硬度を失っていないペニスを蜜壺から抜き取った健太郎は、床に脱ぎ捨ててあったパジャマズボンを拾いあげた。ズボンの尻ポケットから、あるものを取り出していく。

「これ、受け取って」

そう言うと、怜子の左手を取り、その薬指にそっとリングを填めていった。それはプラチナのシンプルなマリッジリングであった。

「健くん、これって……」

グッタリとしていた義母が、薬指に填められたリングに驚きの表情を浮かべた。しどけない仕草で上体を起こしあげ、息子を見つめてくる。

「僕とママが結婚できないのは、もちろん分かってる。でも、僕は生涯、ママと一緒にいたいって、思ってるんだ」

健太郎がアルバイトをしていた理由。それは愛する母に指輪をプレゼントするためであった。決して高価なものではないが、精一杯の、心をこめた贈り物である。

「健くん、あなた、そこまでママのことを……」

驚きの表情が柔らかなものとなり、艶めかしさに縁取られた知的な瞳は、ウルウルとしてきていた。

「一生離さないよ、ママ。ほかの男になんか、ママは絶対に渡さない」

再びベッドにあがった健太郎は、潤んだ瞳で見つめてくる最愛の女性を、思いきり抱き締めた。豊乳が悩ましく胸板でひしゃげる感触に、背筋を震わせつつ、ふっくらとした朱唇に唇を重ね合わせていく。

「んぅ、チュプッ、はぁ、健くん」

「絶対にママを、幸せにするからね」

茹で蛸のように火照った顔で真っ直ぐに義母を見つめつつ、右手で乳房を捏ねあげた健太郎は、そのまま怜了をベッドに押し倒していくのであった。

Recruitment

募集　編集部では作家、イラストレーターを募集しております

プロ、アマ問いません。作家応募の方は原稿をFD、もしくはCDなどで送ってください。作品の文字数は40000字以上（400字詰原稿用紙100枚以上）を目安にお願いします。また、原稿をプリントアウトしたものと簡単なあらすじも送っていただくと助かります。イラストレーター応募の際には原稿のご返却はできませんので、コピーしたもの、もしくはMO、CDなどのメディアで送ってください。小説、イラストともにE-mailで送っていただいても結構です。なお、電話でのお問い合わせはご遠慮ください。採用の場合はこちらから連絡させていただきます。

〒104-0041　東京都中央区新富1-3-7ヨドコウビル
㈱キルタイムコミュニケーション
リアルドリーム文庫小説、イラスト投稿係
E-mail:rdb@ktcom.jp
http://ktcom.jp/rdb/

リアルドリーム文庫62
禁断の誘惑アパート
義母と女子大生家庭教師
2011年5月30日　初版発行

◎著者　芳川《よしかわ》葵《あおい》

◎発行人
岡田英健

◎編集
神野祐介

◎装丁
マイクロハウス　クリエイティブ事業部

◎印刷所
図書印刷株式会社

◎発行
株式会社キルタイムコミュニケーション
〒104-0041　東京都中央区新富1-3-7ヨドコウビル
編集部　TEL03-3551-6147／FAX03-3551-6146
販売部　TEL03-3555-3431／FAX03-3551-1208

ISBN978-4-7992-0075-9　C0193